徳間文庫

のらくら同心手控帳

山《やま》陰《かげ》の家

瀬川貴一郎

徳間書店

目次

山陰の家

一

小田原宿《おだわらじゆく》を発って間もなく、左手に相模湾《さがみわん》が見えてきた。

九月も二十日《はつか》を過ぎ、肌をなでてゆく風はどこかからりとしている。

よく晴れあがった空のしたで、海は眠たくなるほどに凪《な》いでいた。

海つばめが数羽、つきだした岩場にむれている。

綿のような雲にかくれるようにして、思いがけないちかさに箱根山の南麓《なんろく》がかすんで見えた。

雨宮雪之介《あまみやゆきのすけ》と夏絵《なつえ》、それに金次《きんじ》夫婦の一行は、海辺の茶店ですこしの休息をとると、熱海道《あたみみち》へと足をふみいれた。

熱海道とは、小田原宿を過ぎたあたりで東海道から枝分かれした街道である。相模湾沿いに行くその道は、湯河原《ゆがわら》から熱海《あたみ》を通りぬけて熱海峠を越え、そのさきでふたたび東海道とつながり、三島へと通じていた。

雪之介一行がめざすのは熱海である。

「まあ、ゆっくり熱海の湯にでも浸《つ》かってこい」

そう言ってくれたのは、与力の前島兵助《まえじまひょうすけ》であった。

選《よ》りに選って、一生一度の婚礼の日に、雪之介は事件にまきこまれてしまった。しかも二日、家をあけている。

雪之介も気の毒だが、新婚の日から夫のいない夜をすごした夏絵の心痛はいかばかりであろう。

そこを慮《おもんぱか》っての兵助の親切であった。

「半月、休みをやる。夏絵どのをつれて湯を楽しんでくるがいい」

「お言葉ですが、温泉三昧《おんせんざんまい》に半月も休んでは、ほかへの示しがつかないのではありませんか」

雪之介はさすがに躊躇《ちゅうちょ》した。

兵助の好意は嬉しいが、人には依怙《えこ》贔屓《ひいき》とうつるのではないか。それを心配した。

「のらくららしくないことを言う。ふだんからあまり休みがとれてないようだからな、このさい半月ぐらいまとめて休んでも、とやかく言われる筋合いはない。かりに言うやつがいても、勝手に言わせておけばいいんだ」

「しかしこの夏、これといっておおきな仕事はしていませんし……」

「たしかに今年の夏は、めずらしくお江戸は平穏だった。楽《らく》したといえば与力、同心がみんなそうだ。おまえひとりが楽したわけではない」

「しかし……」

「素直にうんと言えん男だな。そうひねくれていると、夏絵どのに愛想をつかされて逃げられてしまうぞ」

脅迫めいた兵助の一言が、雪之介の心をきめさせた。

「では、ありがたく」

素直に頭をさげた。

はじめは夏絵との二人旅のつもりだった。

「金次さんご夫婦も誘ってあげたらどうでしょう。ふだん苦労のかけっぱなしですから」

言いだしたのは夏絵だった。

「金次が承知しますかね」

金次のことだ。二人の邪魔になるようなことを、かんたんに承知すまい。

「それを口説きおとすのが、雪之介さまの腕というものです」

そう言われるとひきさがれない。

すぐに金次を呼びつけた。

「とんでもねえ。そんなことをしちゃ、お天道《てんと》さまにもうしわけが立たねえ」

分からない理屈でことわった。

「半月も旅にでるとなると持ちものがおおくなる。白状するとその荷物持ちとして、いっしょにきてほしいのだ」

「うまい口実を思いつきましたね。荷物持ちにといわれるとことわれねえ」

「口実なものか。それも金次ひとりでは手にあまると思われるんで、お幸《さち》どののもいっしょしてもらうと助かるのだが」

「あっしだけじゃなく、嬶《かかあ》もですか」

これは意外だったらしく、

「すこしかんがえてさせてください」

神妙な顔で帰っていったが、翌日、浮かぬ様子でやってきた。

「せっかくのお言葉ですから、あっしはとにかく、嬶までお世話になることはできません。そこまでしていただくいわれはねえ」

「べつに温泉に招待すると言ってるのではない。荷物持ちをお願いしたいだけだ」

「荷物持ちがおもてむきの理由だってことぐらい、あっしにも読めてます。だからあっしはお言葉に甘えますが、嬶まではとても……」

「本音をいうとな金次、おれも夏絵どのも生まれてはじめての遠出だろう。どうも不安でしようがない。とくに夏絵どのだ。もし身体《からだ》に不具合でもおきたら、おそらくおれはなにもしてやれないだろう。そういうときは女同士、お幸どののがいてくれれば安心なんだ。もういちど帰ってお幸どのによく頼んでみてくれないか」

この口実は自分ながらうまくつくれたと、雪之介は自画自賛《じがじさん》した。

結局、お幸も承知して、今度の旅となったのである。

品川を足がかりに旅立った一行は、最初の日は無理しないで戸塚宿《とつかじゅく》に宿をとり、二日目は早立ちをし、十里の道のりをこなして小田原宿に着いた。

そして今朝、四つ（午前十時）に小田原を発っている。熱海まで六里ほどだ。

日がかたむくまえに一行は熱海に入った。

背後に山を背負い、海にむかってひらけたこの町は、どこを歩いても潮のかおりがした。

雪之介と夏絵は「富士見屋《ふじみや》」という宿屋に入った。案内された部屋からは海がのぞめた。

同宿を遠慮した金次夫婦は、そこより一町ほど山に入った「桃山《ももやま》」に宿をとった。

旅装を解いて間もなく、宿のあるじと番頭が挨拶《あいさつ》にきた。あるじは吾兵衛《ごへえ》、番頭は伊助《いすけ》と名乗った。

「遠路、お疲れでございましょう。これというおもてなしはできませんが、お仕事のことはお忘れになって、まあ、のんびりなさってください」

吾兵衛は丁重に挨拶した。でっぷりと太って、物腰がやわらかい。

雪之介はかくすこともないので、いちおう身分を名乗ってある。あるじの辞《じ》の低さはそれがあってのことかもしれない。

「熱海には見るところ楽しむところはいくらでもありますが、なんといっても自慢は湯でございます。心ゆくまで湯を楽しんで、気分をほぐしてからお江戸におもどりください」

吾兵衛がつづけると、

「さっそくですが、私ども自慢の湯にご案内いたしましょうか」

ひきとって番頭の伊助が言った。

こちらにむけた目にすこし陰がある。なにか心配ごとをかかえた男の目であった。

熱海でもおおきな宿屋は内湯をそなえているが、ほとんどは内湯を持たない。本湯《もとゆ》とよばれる外湯を利用する。

富士見屋は熱海でも一、二を競《きそ》う宿屋だけに、内湯をそなえていた。

雪之介と夏絵は伊助に案内されて、ながい廊下をいくつもまがり、鬱蒼《うっそう》とした木立にかくれるようにつくられた湯殿に案内された。

「あら」

脱衣場に踏みこんで、思わず夏絵は声をあげた。男と女の別がなかったからである。

江戸では男湯と女湯を分ける湯屋《ゆや》はふえてはいるが、混浴のところがまだまだおおい。だから町屋の女たちは、人に裸を見られることをさして苦にはしていない。

だが、武家育ちの夏絵はそうはいかない。子供のときから、人に肌を見せるのは慎みないこととしつけられてきた。

(殿方といっしょに湯にはいる)

思っただけで夏絵の頭は大混乱をおこしている。たとえそれが自分の亭主どのだとしても、気持ちはわりきれない。

「どうぞごゆっくり。ここはお客さまの貸し切りですので」

無表情にそう言いおいて、伊助は脱衣場から出ていってしまった。

いまさら騒いでもどうにもならない。

ついに夏絵は覚悟をきめた。

「雪之介さまがさきにおはいりください」

着物をぬがせて雪之介を湯殿においやると、それから夏絵は着衣をぬぎはじめた。

雪之介はかけ湯をして湯殿に浸かった。まもなく夏絵が入ってくると思うと、おかしいほど気持ちがおちつかなかった。

自分の妻と湯に浸かるのである。だれに遠慮することも、恥ずかしがることもない。

そう言いきかせたが、気持ちの騒がしさはおさまらなかった。

壁板の一部がおしあげられていて、そこからさわやかな夕風が流れこんでくる。

はるか彼方《かなた》に薄暮の海が見え、波のうえにうっすらと下《くだ》り月がかかりはじめていた。

湯殿の戸がしめやかに開けられ、夏絵の入ってくる気配がした。

思わずふりむこうとする雪之介に、

「雪之介さまは、そのまま外を見ていてください」

夏絵はぴしゃりと言った。

雪之介は海の月から目がはなせなくなった。

ざんぶりと湯殿の湯がゆれて、夏絵が浸かった気配がした。

「もう、ようございます」

言われてふりむくと、夏絵は肩まで湯に浸かり、恥ずかしそうな笑みを見せた。

「このように殿方といっしょに湯に入るのは、はじめてでございます」

「私もはじめてです。でも、夫婦なんだから、かまわないのではありませんか」

「いえ、いくら夫婦でも、けじめというものがございます」

雪之介は首をかしげた。

夫婦いっしょに湯に浸かることが、べつにけじめからはずれたこととは思えない。そう言い返したかったが、あえて逆らうほどのこともないと、雪之介は口をつぐんだ。

「思い出にのこる、いい旅になるとようございますね」

夏絵もしばらく海に浮かんだ下り月に目をむけていたが、思い出したようにぽつりと言った。

「私はこの旅を、なにもしない旅にしようと思っています」

「なにもしない？」

「ふだんは事件に追いまくられて、目のまわるくらしを送っていますからね。なにもしない、ただ宿でぼんやりとすごす、私にとってそれが、最高に贅沢《ぜいたく》な旅なんです」

「すると、こうして雪之介さまと湯に浸かっているのも、その最高の贅沢のひとつかもしれませんね。前島さまに感謝しなきゃ」

湯からあがった二人が部屋にひきかえすと、金次夫婦が待っていた。

最初の晩はいっしょに夕餉《ゆうげ》を楽しもうと、雪之介が呼びつけたのだった。

「湯はどうでした」

金次はさっそく聞いた。

正直言って、雪之介は快適な気分ではなかった。

夏絵よりさきに湯にはいり、あがるときは夏絵が着終わるまで待ったものだから、湯あたりの一歩手前である。

だが、ここは無理して、

「いい湯だった」

と、ちょっと虚勢を張って見せた。

「あっしたちは外湯に浸かってきましたがね、なかなかいいものです。銭湯とはひと味ちがう。明日にでもごいっしょしましょう」

金次が言ったとき、料理が運ばれてきた。

海が近いせいで魚料理が多い。鯛や鮃《ひらめ》が煮たり焼いたり、吸い物になったりして出てくる。松茸《まつたけ》や人参や里芋《さといも》がいろどりを添えていた。

金次と地元の酒を酌《く》みかわしながら、雪之介は料理に舌鼓を打った。

夏絵もお幸もやすみなく箸《はし》を口もとにはこんでいる。

「明日のご予定は？」

かなり酒がすすんだところで金次が聞いた。

「さっき番頭がおしえてくれたんだが、ここから西へすこし行ったところに、来宮神《きのみやじん》社《じゃ》があるそうだ。そこまで足を運んでみようかと思っている」

雪之介が言うと、

「あら！」

夏絵が声をあげた。

「なにもしない旅にするのではなかったのですか」

「気が変わりました。せっかく熱海まできて、なにもしないでは罰があたります。まず神社にお詣りして、あとは汐見崎《しおみざき》まで歩いてみようかと……ずいぶん景色のいいところらしいですよ、汐見崎というのは。それからあとは……」

「もうけっこうです。雪之介さまが意志の弱い方であることがよく分かりました」

母親が腕白坊主をたしなめるような夏絵の口ぶりに、思わず場に笑いがもれ、空気はいっそうなごやかになった。

二

翌日、早い目の昼餉《ひるげ》をすませると、雨宮雪之介は夏絵をさそって宿をでた。

むかったのは来宮神社である。

大己貴命《おおなむちのみこと》など数柱をご本尊とする神社なのだが、むしろ本殿の左手奥にある楠《くすのき》の老木が有名らしい。

この大楠《おおくす》は不老長寿のしるしとして崇《あが》められていた。木のまわりをひとめぐりすれば一年寿命がのびるのだという。

もし言い伝えどおりなら、巷《ちまた》は老人であふれかえることになる。そう思うと雪之介はおかしかった。

紅葉にまだすこし間のある樹海《じゅかい》をぬけて、ふたりは番頭から教えられた道を歩いた。

その女と出逢ったのは、すぐそこに神社の鳥居が見えだしたときであった。

やや痩《や》せ気味で瓜実顔《うりざねがお》の女である。抜けるほど色の白いのが印象にのこった。

うつむき加減にきた女は、雪之介たちに気づき、ぎくっとしたように足をとめると顔をあげた。

怯《おび》えたような目がこちらを見た。歌麿《うたまろ》の浮世絵からぬけだしてきたような女だと、雪之介は思った。

女は顔を背《そむ》けるようにして、そそくさと雪之介たちのよこをすりぬけて行った。

「おや？」

雪之介は行きすぎてから、思わず女をふりかえった。すれちがったとき、女からプンと匂ったものがある。

血の匂いだった。

女のうしろすがたは、すでに樹海にのみこまれて見えなくなっている。

「いまの人、すれちがったときに血の匂いがしませんでしたか」

雪之介は夏絵に聞いた。

「そうでしたか。気がつきませんでした」

「すると私の思いちがいだったのかな？」

鳥居をくぐると二人は拝殿にむかった。

神妙に合掌をした。

「雪之介さまはなにをお願いされました？」

　境内にもどると、夏絵が聞いた。

「丈夫な赤ん坊をさずかるようにお願いしました」

「あら、じゃあ私とおなじですわ。私も元気な男の子を……」

「そこがちがうようです。私は女の子をさずかりたいと……」

「女の子では不都合じゃないのですか。雪之介さまの跡を継ぐことができませんもの」

「いや、正直言って、同心の仕事は私でおしまいにしたいと思っているのです。苦労のわりに報われることのすくない仕事ですから」

「報いをあてにしないところが、雪之介さまのいいところではなかったのでしょうか」

　いっしゅん雪之介は言葉につまった。

　夏絵に指摘されなくても自分の言ったことが、ふだんの自分の生きざまと矛盾《むじゅん》していることに、言ってしまってから気がついている。

「やはり私、男の赤ちゃんを産むことにきめました」

　夏絵はひとり決めして言い、それからにこりと笑った。

（やはりこの人にはかなわない）

雪之介は思い、楠の大木のほうへと足をむけた。

楠の根方に、人が倒れているのが見えた。

無意識に雪之介は駆けよっていた。

倒れているのは二十歳すぎの若い女であった。

仰向けになった女の胸に、出刃包丁が突きたっている。流れた血がまわりの草むらを汚していた。

雪之介は茫然《ぼうぜん》と女の死体を見おろした。

（なんということだ）

事件と縁をきるつもりできた、こんどの旅である。

自分がそのつもりでも、事件のほうからはなれてくれないようだ。

（どこに行ってもおれには事件がついてくるようだ。だからと言ってこれだけはどうしようもない）

あきらめといっしょにそう思った。

夏絵もおなじ気持ちらしく、こまったような目をこちらにむけると、

「ここは熱海なのですから、雪之介さまにはかかわりがありませんわね」

念をおすような言い方をした。

「もちろんです。私の仕事ではありません」

夏絵の言葉に、雪之介も救われた気がした。

神社からの報《しら》せを受けてやってきたのは、代官所の馬淵孝太郎《まぶちこうたろう》という若い役人だった。

二十歳半ばぐらいだろう。めったに陰惨《いんさん》な事件にでくわすことのない土地柄のせいか、彼はどことなくおっとりとした空気を身につけていた。

あとのことを馬淵にまかせると、雪之介と夏絵は宿にもどった。

夕方、雪之介は金次と連れだって外湯へでかけた。

外湯は海辺にむかって五町ばかりくだったところにある。目のまえに広がる相模湾は、薄ねずみ色に暮れなずんでいた。

「さっそく殺しとお出逢いなすったそうですね」

来宮神社の事件をすでに小耳にはさんでいるらしく、外湯にむかう道すがら、金次はからかうように言った。

「できれば出逢いたくなかったんだがな」

「行くところ行くところに殺しあり。こりゃまあいってみれば、旦那《だんな》の業《ごう》みたいなもんで」

金次はむしろ、雪之介の不運を楽しんでいるようだ。

「権太《ごんた》の湯」というその外湯は、湯屋というよりは作事場のようなつくりで、うっかりしていると見落としてしまいそうだった。筆書きの看板の字もおおかた消えかかっている。

だが、内部《なか》は外見とはおおちがいでゆったりしていた。木造りの湯船も十人入ってあまるほどの広さだった。

地元の人々も利用する共同浴場らしく、聞きなれぬ土地言葉がさかんに耳のまわりをとびかっている。

雪之介と金次はならんで湯に浸かった。熱くもなくぬるくもなく、頃合《ころあ》いの湯加減である。

しばらくは気持ちよさそうに目をとじて、湯に身をゆだねていた金次が、思い出したようにこんなことを言いだした。

「馬淵とかいう土地《ここ》の役人ですがね、のんびりしているというか、抜けているというか、あれじゃとても江戸では役にたちませんね」

「逢ったのか？」

「へえ、殺しと聞くと血がさわぐというか……ちょっと話を聞いてきました。来宮神社で殺された女は干物《ひもの》を商う店の娘で、お節《せつ》というんだそうですが、人に怨《うら》みを持たれるような女ではない。通りすがりの殺しとも思えない。あげくに馬淵のやつ、自害《じがい》かもしれないとべらぼうなことを言いだしましてね」

雪之介は思わず大声で笑ってしまった。

「なにがおかしいんです?」

「行くところに殺しが起きるのは、おれの業だとよく言えたもんだ。おれのが業なら、殺しと聞いて血がさわぐおまえは、ほとんど病気だ」

「ちげえねえ」

金次は首をすくめてぺろりと舌をだしたが、すぐ真顔にもどると、

「殺されたか、自分から命を絶ったかくらい、その場をみれば赤子にだって判断がつきますよ。それをあのべらぼう野郎は……」

腹の虫がおさまらないらしく毒づいた。

「おれはこの目で死骸を見ている。とても自分から命を絶ったという感じではない。どうも馬淵というのは、金次のいうとおりべらぼうな男なのかもしれないな」

「でしょう。ところで旦那、十日ほどまえにも、若い女が殺されているそうですよ」

「聞きずてならないな」

「茶屋づとめをしていたお兼《かね》という二十三の女で、和田川《わだがわ》に沈んでいたそうです」

　山手から流れでた川が数本、熱海の町を通りぬけて海へとそそいでいる。和田川はそのひとつだと金次は説明した。

「和田川を上流へさかのぼっていくと、妙安寺《みようあんじ》という寺があります。死体が見つかったのはそのちかくだそうで、石塊《いしくれ》のようなもので頭を割られたうえ、川につきおとされたらしい。ところがこのときも女に殺される理由が見あたらなかった。そこで馬淵のやつがいうには、足をすべらせたはずみに、岸の岩に頭をうちつけたんだろうと……」

「不注意で片づけられているのか。どうも馬淵という役人、なんでもかでも、自害か不注意でしまつをつける癖があるようだな」

「よく聞いてみますとね、半年ほどまえにも、汐見崎の断崖《だんがい》から身を投げた若い女がいる。崖《がけ》のきわに履き物と化粧道具の入った巾着《きんちやく》が、きちんとそろえておいてあった。どうもこれは覚悟の身投げらしい。そこで馬淵としては、このところ熱海では、若い女が自分から命を絶つできごとがつづいて起きていると、そういうおとしどころに持っていきたいようで……」

「ちょっと待て。履き物と巾着がそろえておいてあったからといって、みずから命を絶ったとは決めつけられないだろう。ひとつ明日にでも、汐見崎に行ってその場所を見てこよう」

「とんでもねえ。言っときますが、これは旦那にかかわりのねえことですからね。あっしは暇なんで、ただちょっと町役人のところに様子を聞きに行ってきただけで……」

せっかくの水入らずの旅に、水をさしてはと金次はあわてた。

「心配するな。汐見崎は眺めのいいところだと聞いているので、見物に行きたいと思っていたんだ。事件に深入りする気はさらさらない」

二人はのぼせそうになって、あわてて湯からあがった。

三

翌朝、雨宮雪之介は夏絵とつれだって、汐見崎へとむかった。

いったん海辺にでて、右手に十町ばかり行くと、道は山のなかに入っていく。

途中、お兼という女が死んだという和田川の流れをこえた。さほど川幅はひろくないが、澄みきった水が音をたてて流れている。

道は急なのぼりになり、ふかい樹林のあいだに入っていく。

息がきれだしたころ、見晴らしのきく崖っぷちにでた。これが汐見崎らしい。

崖にたつと、視界をさえぎるものがなく、相模灘《さがみなだ》が一望できた。

ただ残念なことに、いまにも降りだしそうな空模様である。

海はぜんたいに薄ぼんやりとかすんでいて、初島《はつしま》も霞《かすみ》のなかにかくれてしまっていた。

すこし風もあるらしく、足もとに打ちよせる波がおおきな音をたてている。

「あいにくな天気でしたね」

雪之介が残念そうに言うと、

「あらためて天気のいい日にまいりましょう。まだ四、五日はこちらにいるのですから」

夏絵はさほど気にもとめていない様子で、からりと答えた。

二人は早々に汐見崎をあとにした。

いくらもひきかえさないうちに、空から大粒の雨がおちてきた。

「思ったよりはやく雨がきましたね」

こんなことなら宿をでるとき、傘を借りるのだったと後悔したが、あとの祭りである。

汗拭《ふ》きのつもりでさげてきた手ぬぐいで頭をおおいながら、二人は宿への道をいそいだが、そのうち降りがひどくなってきた。

「どこかに雨宿りするところでもないものでしょうか」

雪之介がまわりを見まわすと、半町ばかりさきに、山陰によりそうようにして建つ家が見えた。

「あそこにたのんで雨宿りをさせてもらいましょう」

雪之介は夏絵の手をひいて、雨のなかを民家へと走った。

おおきくはないが、茅《かや》を屋根に乗せた、寮風の粋な造りの家である。立派な枝折《しお》り戸《ど》が庭先についていた。

それをおして二人は、庭先をとおりぬけて軒下にとびこんだ。

戸口から雪之介は家のおくへ声をかけた。

「急な雨でこまっております。しばらく雨宿りをおねがいできますか」

雪之介の声を聞いて、奥の間から「はい」と女の声がもどってきた。

やがてあがりかまちに膝《ひざ》をついたのは、三十にすこしまえの、瓜実顔の美しい顔立ちの女であった。

「おや？」

思わず雪之介は女を凝視《ぎようし》した。来宮神社ちかくですれちがった女に似ているような気がしたからである。

だが、よくかんがえてみると、ほんの一瞬、すれちがったときに見ただけで、はっきりとした印象がない。

似ているといえば似ているようにも思うが、ちがうと思って見ればちがう気もする。

「おこまりでしょう。どうぞこちらにおはいりください」

女は鈴をふるような澄んだ声の持ちぬしだった。

「いえ、軒下をお借りするだけでけっこうですから」

雪之介は遠慮した。

「軒下では、そちらの女性《にょしょう》のお着物が濡《ぬ》れます。どうぞ遠慮は無用になさって、こちらにどうぞ」

「そうですか。ではお言葉に甘えて」

雪之介は女の親切を受けることにした。

「ご迷惑をおかけします」

夏絵も頭をさげて戸口をはいった。

「どうぞこれをお使いください」

女は乾いた手ぬぐいを持ちだしてくると、自分も手伝って夏絵の濡れた着物を拭いてくれた。根っから親切な女らしい。

女はいったんすがたを消したが、こんどはお茶のはいった湯呑みをふたつ盆にのせて運んできた。

「なんのおかまいもできませんが」

二人のまえにおいた。

「恐縮です。どうぞお気遣いは無用に」

「江戸のお方のようですね」

女はちょっとなつかしげに言った。

「はい」

答えたのは夏絵である。

「私も半年ほどまえまで江戸におりましたの。深川の弥勒寺《みろくじ》のちかくに……」

「こちらへはどうして？」

「なんとなく江戸のくらしにも飽《あ》きたものですから」

「失礼ですが、おひとりですか」

これは雪之介が聞いた。

「ええ、まあ」

ちょっと答え方が曖昧《あいまい》になった。

これだけの器量《きりよう》の女を男が放っておくわけがないと、雪之介は勝手にきめつけている。

なにかわけがあって江戸を抜けてきたのだろう。

しかし、雨宿りをさせてもらっている相手に、そこまで聞くのは失礼だし、また聞く必要もない。

むしろ雪之介の関心は、目のまえにいる女が、はたして来宮神社ちかくで逢ったのと、おなじ人物かどうかにある。

それをたしかめたいと思ったが、うまく話題をそっちに持っていけないでいるうちに、雨は小やみになってきた。

雪之介と夏絵は礼を言ってその家をでた。

傘を持っていけという親切に甘えて、万が一にと一本だけ借りることにした。

「ほんとに気持ちのいい方ですね。それに親切で……」

すこし離れたところにきて、夏絵は言った。

たしかに話していて、さわやかな女性だという印象はふかい。

だが、一方で、彼女が来宮神社近くで逢った女ではないかという疑問も捨てきれない。

もしもそうなら、彼女こそ殺しの下手人《げしゅにん》かもしれないのだ。下手人でなくとも、あの殺しにかかわりを持っていそうな気はする。

もちろん、来宮神社のちかくにいたからといって、殺しにかかわっているときめつけるのは早計である。

「夏絵どの、いまの女性ですが、来宮神社近くで逢った人に似ていると思いませんでしたか」

「最初は私も似ていると思いました。でも話しているうちに、ちがうという気がつよくなりました」

「ちがうと思われましたか？」

「あの方がそうなら、来宮神社の殺しとかかわりがあるわけでしょう。でも、とてもそんな方とは思えませんでした」

「夏絵どのがそうおっしゃるなら、やはりちがうのでしょうね」

雪之介は未練をすてるように言ったが、それでもこだわる気持ちは心のそこにしずんで残った。

日が暮れおちるまえ、金次がひとりで富士見屋にやってきた。

「ひとっ風呂、どうです。あっしも出先で雨に遭いましてね。着替えはしたが、このままだと身体に黴《かび》が生えそうです」

外湯にさそった。

その様子がいかにも思惑ありげに見えて、雪之介はさそいにのった。

時刻がはやいせいか、「権太の湯」はすいていた。

二人はおもう存分手足をのばして、湯船に浸かることができた。

「半年まえに汐見崎から身を投げた女ですがね、どうやらこれは、自害にまちげえねえようです。女の名前はお筆《ふで》と言うんだそうで……」

「調べたのか」

「へえ、まあ……そのもどりに雨に遭ったんです」

「ご苦労なことだ。それにしても、どうして身投げ女のことを調べようなんて思ったんだ？　来宮神社の事件ではなくて……」

「桃山にお六《ろく》というおしゃべりな女中がいましてね。聞いてもいないのに、勝手にぺらぺら……」

「ほんとうかな。金次からうまく乗せたんじゃないのか」

「多少はね。でも、ちょっと口火をきってやると、あとはもう秋の大風みてえなもんで、戸を立てたくらいじゃおさまらねえ」

「女中のおしゃべりは分かった。で、身投げした女の話はどうなった？」

「それそれ、そのお六の親父というのがこの町で土産物《みやげもの》店をやってるそうで……ところが旦那、おどろくじゃありませんか。親父の売っているのが、なんと石でして……」

「熱海では石が売れるのか」

これには雪之介もおどろいた。

「あっしも信じられなくて、ちょいと親父の店をのぞきに行ってみたんです。たしかに石を商《あきな》ってました。熱海のすこしさきにある門川《もんがわ》の河口《かこう》で、黒くて艶《つや》のある楕円《だえん》の石が採れるんだそうです。その石が京都御所の庭をかざったとかで、けっこういい値がつく」

「まさか湯《とう》治客《じきゃく》が庭石を買ってかえるわけではあるまい」

「盆栽の置き石にするらしいんです。いいもうけになるらしいですよ。なんせ、元手がかからないんですから」

「身投げ女の話はどうなったんだ」

「そうでした。じつは一年ほどまえから、熱海の土産物店で、ちょくちょく売り物がなくなるというできごとが起きていた。お六の親父の店もやられてましてね。いえ、盗まれるのは石じゃありません。その店は石のほかにも、手作りの玩具《おもちゃ》なんかをあつかっていて、盗まれるのはそっちの方で……」

「それこそ馬淵どのの出番だろう」

「まあ聞いてください。ところがやられるのは、ほとんどがとるに足りないような安物ばかりなので、盗まれたと分かっても、どこも大騒ぎはしなかった。それに盗んでいく人間に、見当もついていたといいますから、なおさらです」

「なんだ、盗人の正体は分かっているのか」

「証拠はないが見当はついていた。だれが言いだすとなく、どうもものがなくなるのは、あの女がきたときだということになりましてね。その女というのが、汐見崎で身を投げた女だったんです」

「やっと話が肝心のところにたどりついたな」

雪之介はザッと湯をこぼして、湯船のそとにでると、

「金次の話はまどろっこしくていかん。おかげで湯あたりしそうだ」

洗い場の板敷きにぺたりとすわりこんだ。

「旦那がいけねえんです。話を逸《そ》らさせるような聞き方ばかりするから」

金次もとなりにきてすわりこむ。

「悪者はおれか？」

「あっしにも半分くらい責めはありますが」

「ところで金次は、お筆という女は手癖が悪く、それを苦にしてみずから命を絶ったと言いたいようだな」

「そうなんです。その女、金にこまって盗むというのではなく、盗むことに喜びを感じるというか、どうも盗み癖が身に染みついていたようで」

「そこまで分かっていて、だれもなんの手もうたなかったのか」

「お筆のことを、だれもよく知らなかったんです。どこに住んでいるかも、いつごろから熱海に住みついたかも……そんなこんなで、熱海の土産物店では、それとなくお筆に注意するようになった。そんなとき、例のお六の親父が、お筆が木独楽《きごま》をふところにいれようとしているところを見つけたんです。お筆が素直にあやまったので、二度と悪心はおこさないと約束させて許してやった。お筆が汐見崎から身を投げたのはその翌日だったそうで、お六の親父は、自分が女の死に道をつけたようで、寝覚めが悪いとこぼしていましたが」

金次のながい説明がおわった。

「それはそうとして、どうしてお筆とかいう女のことを、調べてみる気になったんだ？」

雪之介はそこが気になった。

「どこかで来宮神社の事件とつながってやしないかと、そう思いましてね。だが、自害と分かっちゃ、とんだ無駄足でした。こんなことなら、和田川の殺しを調べてみるんでした」

「ちょっと待った。これはわれわれとはかかわりのない事件だと言ったのはどこのだれだ。金次の病気はどうやら膏肓《こうこう》に入《い》っていて、もう手がつけられないようだな」

雪之介が茶化すと、金次は意外にまじめな顔で言いかえしてきた。

「よく言いますね。あっしよりさきに汐見崎まででかけたのは、どこのどなたでしたっけ」

「あれは眺めの美しいところだと聞いたので、見物に行ったんだ。あいにく雨もよいで景色は駄目だったが」

「ほんとうですか」

「嘘を言ってどうする。ただ、汐見崎のちかくで雨宿りをさせてもらった家がある。そこで逢った女が、どうも来宮神社ちかくですれちがった女のように思えてしかたないんだ。もしそうなら、下手人かもしれないじゃないか。そこで相談だがな金次、あの女がどういう素性の女か、それとなく馬淵に聞いてみてくれないか。汐見崎のちかくで、ひとり暮らしの女といえば見当はつくだろう」

　聞いて金次はふきだした。

「病膏肓《やまいこうこう》に入るといや、旦那もいい勝負だ」

「ちがいない」

　つられて雪之介も大笑いした。

四

　その晩遅く、それも雨のなかを、ひょっこり馬淵孝太郎が富士見屋を訪ねてきた。

「金次どのから聞いたのですが、汐見崎ちかくに住んでいるひとりぐらしの女が、来宮神社の殺しの下手人らしいとか」

馬淵はきちんと膝《ひざ》をそろえてすわると、いきなり言った。

「ちょっと誤解があるようです。私は来宮神社ちかくですれちがった女と、ひとりぐらしの女とがよく似ていると言っただけで、下手人らしいとはひとことも言っていない。ただ、どういう素性の女か、分かれば教えてほしいと思いましてね」

雪之介が訂正すると、

「なるほど、すこし受けとりかたがちがったようですが、そうおおきなちがいはない」

馬淵は笑った。

こまかいことにこだわらない性格らしい。これなら来宮神社の殺しを、自害とこじつけかねないと、雪之介は思った。

「あの家をわれわれは『弥助《やすけ》の寮』と呼んでいましてね。ご存じかと思いますが、毎年何度か、熱海の湯が江戸の将軍様のところにはこばれます。これを一手にひきうけて大儲けしたのが、伊豆山《いずさん》のほうで荷運び屋をやっていた大見屋《おおみや》弥助という男で、彼が江戸で見かけた寮風の建物を、そのまま真似《まね》てつくらせたのがあの家なんです。ところがせっかく建てたが、住むことなく弥助はぽっくり亡くなりましてね。一年半ほどまえのことです。そのあとだれかが買いとったようですが、持ち主は分からない」

「住み手がいるのですから、そこから調べれば持ち主くらいかんたんに分かるでしょう」

「それなんですが、持ち主の名義はいまでも大見屋弥助になっていましてね。つまりだれかが買ったのではなく、だれかが使うことだけ許されているみたいで……」

「だとしても、寮を使っている主は、調べればわかるでしょう」

「たしかに。その気になって調べれば分からなくはないでしょうが、べつにそこまでしなければならない事情もありませんしね」

「いまそこに住んでいる女の名前くらい、分かっているでしょう?」

「それは分かっています。女の名は弥栄《やえ》。二月《ふたつき》ほどまえからあの寮に住んでいます」

「すると寮を使うのを許されたものから借りているのか、あるいはその人物の囲いものか……」

言ってから雪之介は、おそらくあとの方があたっていそうな気がした。

雨宿りのときあの女は、江戸のくらしに飽きたのでこっちにきたようなことを言った。前身なにをやっていた女かは分からない。

ただ、あの山陰の家を借りるにしても、月々の出費はかなりのものだろう。

熱海に住みつくなら、もっと安く住まえる家が、さがせばあるはずだ。

たとえたくわえがあっても、さきのことをかんがえると、むだづかいはできない。するとと女が自分の意志で住んでいるというより、かげに住まわせている男がいる。そう見るのが自然である。

雪之介がそんな思案をしていると、馬淵も遅ればせながらそのことに気がついたようで、

「つまり大見屋弥助から、寮を使うのを許されたものがいて、その人物が弥栄を囲いものにしている……なるほど筋がとおります」

さも重要な発見をしたような顔つきになった。

「調べられますか」

雪之介が聞くと、

「調べてみましょう」

馬淵はあっさりと答えた。

そこで雪之介はすこし話題をかえた。

「そうそう、いま思い出しましたが、来宮神社で死んでいた女のことを、あなた、自害かもしれないとおっしゃったそうですね」

「言いました。でも、本音ではありません。あれは間違いなく殺しです」

「なら、どうして自害だと？」

「私の上役というのが、やたら口うるさい男でしてね。自分はめったに現場にでないくせに、殺しとなると、理由はなんだ、下手人の手がかりはつかめたかなどと、根ほり葉ほりうるさいんです。右も左もわからないときにこれをやられると、答えようがない。するとまるで能なしを見るように、蔑《さげす》んだ目で私を見る。だから事件がおきるとまずは自害かあやまちかで報告をあげておくのです。まあ、いわば上役の口封じです」

馬淵は皮肉な笑いをくちもとにうかべた。

「苦労されてるんですな」

つい雪之介は同情したが、馬淵はからりとしたもので、

「上がそうなら、下にも下なりに手のうちようがある。稲の穂のように風むきにさからわずに揺れる。それがいちばん賢い生き方なのです」

賢いというより、狡《ずる》いといったほうがあたっているように思ったが、雪之介はさからわなかった。

「するとなんですか、和田川で見つかった水死体、あれも殺し？」

「そうです。まちがいなく殺しです。背後からいきなりおそいかかって頭を殴打《おうだ》し、

そのあとで川につきおとしたのです。あれもほとんど調べがすすんでいません。自害として報告しておいたからいいものの、もし殺しで報告していたら、それこそ毎日よびつけられて、油をしぼられていたことでしょう」

来宮神社と和田川の事件がともに殺しであることは、これではっきりした。

このふたつは、十日ほどあいだをおいておきている。おなじ下手人による犯行という気がする。

「お節とお兼のふたりに、かかわりはなかったのでしょうか」

ふたりにかかわりがあれば、その線をのばしていくと、どこかで下手人につながるように思う。

そう思って雪之介は聞いた。

「調べてはみましたが、二人はまったくの赤の他人でした」

そこで雪之介は、またすこし話題をかえた。

「もうひとつ聞きますが、弥栄という女は、あの山陰の家に、二月《ふたつき》ほどまえから住んでいるという話でしたね」

「そうです」

「するとそのまえは、どのような人が住んでいたのですか」

家を建てた大見屋弥助は一年半まえに死んでいる。

弥栄の住みついたのが二月《ふたつき》まえだとすれば、そのまえに住んでいたものがいたかもしれない。

それで聞いた。

「ああ、弥助の別荘のまえの住人は、お筆という女でして、一年ほど前からあそこに住みついていました。でもこの女、半年ばかりまえのよく晴れた日に汐見崎から身を投げて死んでいます。そのあとに弥栄が住みはじめたというわけです」

雪之介はおどろいた。

こともあろうに、汐見崎から身を投げたお筆という女が、弥栄のまえの住人だったというのである。

それはただ、ぐうぜん住居がかさなったというだけのことだろうか。

お筆と弥栄と、そこから発して、来宮神社の事件と和田川での水死事件とに、なにかつながりはないのだろうか。

雪之介はかんがえてみたが、見当もつかなかった。

昨日の雨が嘘のように、翌朝はからりと晴れあがった。

宿の部屋から相模湾の濃紺《のうこん》の海が、絵師が筆で隈取《くまど》りをいれたようにくっきりと見えた。

「汐見崎見物は今日にすればよかったですね」

雪之介は海を見ながら口惜《くや》しそうに言った。

「昨日は曇ってるのを承知ででかけたのですから、文句は言えません」

となりにならんで海に目をやりながら、夏絵はのんびりと答えた。

「これからもういちどでかけましょうか。山陰の家に傘を返さなきゃなりませんし」

「あら、今日は町へお土産をさがしにでかける予定じゃありませんでした？　こういうことは早くすませないと、気持ちがおちつかないとおっしゃったのは雪之介さま……」

仲人の前島兵助夫妻、夏絵の両親、月岡誠太郎《つきおかせいたろう》、それに餞別《せんべつ》をくれた同心仲間、かぞえれば土産を用意しなければいけない相手はずいぶんいる。

その負担をさきにかたづけてしまおうと言ったのは、たしかに雪之介であった。

「じゃあ傘を返すのはあとにしましょう」

かんたんに意見をひるがえすと、雪之介は夏絵とつれだって宿をでた。

海にむかってなだらかな坂道をくだると、くだりきったあたりから、和田川に沿うようにして町がのびている。土産物店や食べ物店がおおい。

雪之介と夏絵はつぎつぎに土産物店をのぞいてみた。つきあってみて分かったが、買い物というのは、けっこうくたびれるものである。

雪之介がいいかげんうんざりしはじめたとき、夏絵はやっと気に入った土産物を見つけたようだった。

和紙でこしらえた紙人形である。鳥や昆虫をかたどったものもあるが、夏絵は紙人形のなかでも、とくに女の童人形《わらべにんぎょう》がお気に入りのようで、それを買った。

「殿方へのおみやげは、また日をあらためることにしましょう」

夏絵もくたびれたらしい。めずらしく買い物をさき送りにした。

「どこかそのへんでひと休みしましょうか」

雪之介は海辺にむけてたっている茶屋を見つけ、そこに入った。

店内《なか》は海に沿って細長くつくられていて、そこに床几《しょうぎ》をならべ、薄縁《うすべり》が敷いてある。

どこにすわっても海が見えた。

「私は心太《ところてん》をちょうだいします。雪之介さまは?」

聞かれて雪之介もおなじものを注文することにした。

間もなくよく冷えた心太がはこばれてきた。酢醬油《すじょうゆ》がとろりとかかっている。

「ああ、おいしい」

ひとくち食べて、夏絵は声をあげた。

「うちのは越《こし》の国からとりよせた寒天《かんてん》をつかっていますので、歯ごたえも甘さもちがいます」

女中は自慢をした。

雪之介は海のむこうに目を這《は》わせていたが、

「あそこに海につきでた岬が見えますね。あれは汐見崎ですか」

「そうです。よくご存じで」

「昨日、見物にでかけたんですがね。あいにく雨にたたられて、せっかくの景色を見そこないました」

「それは残念でしたね」

「ここから、汐見崎がよく見えるんですね」

「晴れていればあのとおり、手にとるように見えます」

「半年ほどまえ、あそこから身投げした人がいたと聞きましたが、あの日はよく晴れていたそうですから、もしかしたらここから見えたかもしれませんね」

べつにふかい意図もなく、雪之介はふっと浮かんだままを口にしただけだったが、とたんに女中の顔色が変わった。

雪之介は見逃さなかった。

「どうしました？　身投げに思いあたることでもあるのですか」

女中は答えない。

それは知っていることを、無理してかくそうとしている沈黙であると、雪之介は読みぬいた。

「知っていることがあれば、話してくれませんか。もしだれかに迷惑がかかることなら、誓って他言《たごん》はしませんから」

「それほどたいそうな話ではないのです」

女中の口がやわらかくなった。

「こういうことは人に話さないほうがいいと、自分できめて今日まで黙っていたのです」

「話してくれますか」

「はい。じつは私、あの日、人が汐見崎から落ちるのを、この目で見たんです」

女中は心をきめて話しはじめた。

「飛び込むところを見たのですか」

「見ました」

そこで女中は、急に声をひそめると、

「私、あれは女の人が、自分から飛び込んだのではないと思っています。だから黙っていたんです」

「自分から飛び込んだのではない？　どうしてそう思うのですか」

「飛び込んだときの格好がおかしかったんです。崖のほうをむいて、背中から落ちていきました。覚悟しての飛びおりなら、顔は海のほうをむいているはずですね」

女中の観察はするどかった。

「たしかにそうですね。崖のうえで、海を背にして立っているところをつきとばされたなら、そういう格好で落ちていくでしょうが」

「私もそう思いました」

女中はそこまで言いさして、客が入ってきたので立っていった。

「大変なことになりましたね」

夏絵は食欲をなくしたのか、残った心太の鉢をかたわらにおしやり、心配そうに雪之介をのぞきこんだ。

「半年まえに、盗み癖を苦にして飛び込みをはかった女、あれは覚悟の死ではなく殺されたようですね。覚悟のうえなら、顔は海むきで、しばらくは足を下にして落ちていくでしょう。ところが女は崖むきで、背中から落ちていったという。あきらかにだれかにつきとばされたのです」

「やっぱり雪之介さまには、殺しがついてまわるようですね」

「悪縁というやつかもしれません。ありがたくもない話ですが」

来宮神社での殺しに行きあったとき、雪之介は意識してかかわりを持たないようにしようと思った。

ところがそうはいかない事情がつぎつぎに生じてきて、ずるずると事件のほうにひきこまれ、気がつくと足がぬけなくなっている。

金次はそれを業だという。

業にしろ悪縁にしろ、どうも自分は事件に取り憑《つ》かれやすい星のもとに生まれたようだ。だとすればあきらめるほかはない。

五

宿にもどると、雨宮雪之介は座敷でごろりとながくなった。

つづきの間では、夏絵が買ってきた土産物の片づけをしている。

　雪之介は思案のなかにいた。

　半年まえまで、山陰の家にはお筆という女が住んでいた。

　お筆の素性は分からない。どこからかここ熱海に流れてきたのだろう。

　彼女は山陰の家で、ひとりぐらしをはじめた。なんとも贅沢な話である。

　もちろんかげに男がいて、お筆は囲われものである。そう見てまずまちがいないだろう。

　問題はその男がだれかである。

　あの家は、まだ死んだ大見屋弥助の名義になっているらしい。しかし、使用をゆだねられた人物がいる。

　いまのところその正体は分かっていない。

（馬淵孝太郎はそれを調べると約束した。いずれ分かるだろう）

　それを待つしかない。

　ところでお筆には盗み癖があった。生活にこまって盗むのではなく、盗むことが趣味のようになってしまっている女だった。

　それを見とがめられて、お筆は汐見崎から身を投げて死んだ……ということになっている。

ところが茶屋の女中の話から、お筆はみずから死をえらんだのではなく、なにものかに崖からつきおとされた見込みがつよくなった。

（いったい、だれがお筆を殺したのか）

それはひとまず横においておこう。

お筆がいなくなった弥助の寮に、二月《ふたつき》ほどまえから、今度は弥栄という女が住みつくようになった。

江戸のくらしに飽きて熱海に流れてきたという女である。

お筆を囲っていた男が、こんどは弥栄をひきいれて囲いものにした。

これもまちがいないだろう。

そこから逆にたぐっていくと、その男は、気に入った弥栄を自分の女にするために、邪魔になったお筆を殺したという想像もなりたつ。

殺しをかくすのに、盗み癖は絶好のいいわけになった。

（こうなると、なんとしても山陰の家を使っている人物をさがしださねばならない）

のである。

（しっかり馬淵の尻をたたいておこう）

雪之介は思った。

さて、弥栄である。

来宮神社でお節という女が殺されてすぐ、雪之介は弥栄らしき女と、神社の近くですれちがった。そのとき、女の身体から血の匂いがした。

それだけで弥栄がお節殺しの下手人だとは言えないが、疑いはすてきれないのだ。

もし、弥栄がお節を殺したとしたら、理由はなんだろう。

分からない。

お節は人から怨みをもたれる娘ではなかったという。

すると通りすがりの殺しか。

通りすがりの凶行なら厄介《やっかい》なことになる。

下手人にとって、殺す相手はだれでもよかったのだから、みなもとから下手人をたぐっていけない。

もうひとつ、和田川から水死体で見つかった女がいた。

これも殺しだと、馬淵は認めている。

それは来宮神社事件の十日ほどまえにおきていた。このとき殺されたお兼という女も、人から怨みを持たれる人間ではなかった。

このふたつの事件だが、状況がよく似ている。

殺されたほうに、殺される理由が見あたらないのもそうだが、若い娘が不意を襲われたという点も共通している。

そこから、通りすがりの凶行ではないかという推測がひきだせる。

（通り魔の犯行かどうかはべつにして、このふたつの殺しは、どうもおなじ下手人の手によるものらしい）

と、雪之介は思うのだ。

和田川の事件について、いまのところ雪之介にはほとんど知識がない。

ただ、来宮神社での殺しについて、雪之介は弥栄という女を疑っている。

もし和田川と来宮の事件が、おなじ下手人の手になるとすれば、和田川事件の下手人も弥栄ということになる。

しかも弥栄は、お筆が死んだあとの寮に住んでいる。そこからお筆も弥栄に殺されたのではないかという疑いがでてくる。

こうならべると、三つの殺しに太いつながりが見えてくるのである。

見えてはくるが、しょせん想像の産物である。証拠がない。

（その証拠さがしだが、この一連のできごとはどこから切っていけばいいのか、その切り口が見つからない）

それが雪之介を悩ましている。

（まずは和田川の方から調べてみよう）

すべてが人聞きである。自分の目で事件のあった場所さえ見ていない。

（これではいかん）

雪之介は畳のうえにとびおきた。

「夏絵どの、ちょっとでかけてきます」

つづきの間に声をかけた。

「どちらへお出かけですか？」

夏絵の声がかえってきた。

「借りた傘を返してきます」

「私もごいっしょしましょうか」

「礼を言って傘を返すだけですから、私ひとりでじゅうぶんです」

言いおわったとき、雪之介のすがたは消えていた。

雪之介は山陰の家へと急いだ。

和田川へむかうまえに、弥栄に逢っておこうと思った。

来宮神社ちかくで逢った女が彼女かどうか、もういちどしっかりたしかめておきたかった。

（弥栄に逢って、よく観察すればなにか分かるかもしれない）

かすかな雪之介の期待である。

逢うために傘を返すことが格好の口実になった。

苦労して急坂をのぼり、ようやく山陰の家にたどりついたが、弥栄は留守だった。

半刻（一時間）ほど待ってはみたが、もどってくる様子はない。

雪之介は傘を戸口にたてかけると、あきらめてもときた道をひきかえした。

そのまま町へとむかった。今日一日で、町にでるのは二度目である。

行くさきは和田川であった。

十日まえの殺しは妙安寺ちかくで起きているという。

途中で町人《まちびと》から妙安寺の所在を聞いた。いまいるところから山伝いに南へ行けば、ひとりでに寺に行けると教えてくれた。

教わったものの、なんといっても不案内な土地である。下手に歩いて道に迷っては、無駄をかさねるだけであろう。

そこで気持をかえていったん海辺にで、そこから和田川沿いにさかのぼってみることにした。遠まわりにはなるが、まちがいのない方法である。

来宮神社の殺しも和田川の殺しも、土地《ここ》の役人馬淵孝太郎の扱いである。端《はた》で見ていても、調べがすすんでいるようには見えない。

（あの男に任せておいては、事件はいつまでも解決しないのではないか）

そう思ったとき、当の馬淵がむこうからぶらぶらとやってくるのが見えた。

「雨宮どのではありませんか」

馬淵が気づいて、のんびりとした声をかけてきた。

雪之介はいいところで出逢ったと思った。

「これは馬淵どの、いいところで……。例の山陰の家を使っている人物がだれだか分かりましたか」

立ち話になった。

「いやあ、それがちょっと手こずっているのです」

馬淵は手こずっているとも思えない、明るい声で答えた。

「持ち主の大見屋弥助が亡くなり、そのあと、あの家の使用はだれかに託された。それがだれかを調べるのが、それほどむずかしいことなんでしょうか」

「弥助はあの別荘をだれに引き継がせるか、遺言したようなんです。ただ、その遺言は口頭だったらしく、書いたものとして遺っていない。知っているのは使用を託された本人と、弥助の近親者だけでしょうが、弥助には死んだ娘以外に、血のつながったものはひとりもいないんです」

「弥助さんには娘さんがいたのですか」

「くわしい事情は知りませんが、なんでも海に身を投げて死んだ。心中だったそうですよ。娘には好いた男がいたが、親父の弥助が認めてくれない。思いあまって熱海の海に飛び込んだというのです。十年もまえの、私がここにくる以前のできごとですが」

雪之介は山陰の家を使っているのが誰か分かれば、そこからもつれた糸が解けてくると思っている。ところがその肝心のところが分からないのだ。

分からない上に、弥助の娘の心中というあたらしい事実がとびだしてきた。

こんどの一連の事件と、十年まえの心中事件と、つながりがあるのかないのかは不明である。

ただ、雪之介の頭で、もつれた糸がますますからみあい、謎はいちだんとふかみをくわえている。

雪之介がなにも言わなくなったのを見て、

「どちらへお出かけの予定だったのですか」

馬淵が聞いた。

「妙安寺のあたりまで行ってみようと思っていたのです。そうだ、無理を言ってもうしわけないが、ひとつ道案内をお願いできませんか」

思いついて雪之介は頼んでみた。

事件を手がけたのが彼である。すこしぐらい役にたつ話も聞けるのではないか。そう思ったのだった。

「よろこんで案内しましょう。どうせ暇をもてあましている身ですから」

馬淵は心やすげに道案内を買ってでると、町からはずれて山手への道へと入って行った。

「それにしても土地《ここ》で起きた殺しに興味を持たれたとは、ご苦労さまなことですな。まして新妻と温泉へ遊びこられたというのに」

他人事《ひとごと》のような言い方をした。

六

やがて山道がひらけて和田川にでた。

さらに川沿いにさかのぼっていくと、行く手に妙安寺らしい苔《こけ》むした寺の屋根が見えてきた。

川の水は心地よい音をたてて流れている。

馬淵孝太郎はふいに足をとめると、

「お兼の死体が見つかったのは、このへんでした」

すこし川幅のひろくなったあたりの河原を指さした。

「あそこにつきでた大きな石が見えるでしょう。あれに死体が引っかかってただよっていたのです」

なるほど指をさしたさきに、岩ほどもある大きな石が流れからつきだしている。

「昼でも寂しいところなんですね」

あたりを見まわしながら、雨宮雪之介は言った。

川のこちらがわもむこうがわも、おくが見通せないほどのふかい樹林である。

そこに妙安寺はすっぽりかくされていて、屋根だけがそのうえのわずかな隙間《すきま》からのぞいている。

「殺しがあったのは夜ですか？」

雪之介は聞いた。

「まだ薄明かりがのこっていたといいますから、六つ（午後六時）頃だったでしょう。ここをすこしくだったところに民家があって、そこの亭主が女の叫び声を聞いて駆けつけ、死体を見つけたのです」

「そんな日暮れに、若い娘さんが、なぜこんな寂しいところにひとりでやってきたんでしょう？」

「母親が病気で寝ついていましてね、その快復を願って、お兼は妙安寺に願掛けをしていたようです。父親をはやく亡くして、母一人子一人なもので、母親を思う気持ちは強かったみたいです」

「なるほど」

「そういう親孝行な娘です。病気の母親をおいて嫁にも行けないから、男っ気《け》はない。人から怨まれることもない。もめごともない。どうしてあの娘が殺されなきゃならないのか、いまだにそこんところが分からないんです」

「お兼さんは茶屋づとめだったそうですね」

「この和田川をくだったところの腰掛け茶屋で、茶汲み女をしていました。夕方になると町に客足が途絶えるので、七つ半（午後五時）には店を閉めていた。そのあと欠かさず妙安寺にお参りしていたが、それを知った下手人に襲われたようですね」

「頭を石のようなもので割られてから、水につきおとされたという話でしたが」

「そうです。片手でやっとにぎれるくらいの血のついた石が、死体のちかくに捨てられていました」

馬淵は河原にしげった雑草を指さした。そのあたりには大小さまざまな石がごろごろ転がっている。

そのなかから下手人が手ごろなものをえらび、凶器として使ったらしい。

下手人は、お兼がお百度詣《もう》でをすませてもどるのを待ち伏せ、河原まで尾《つ》けてきて、背後からおそいかかったのだろう。

「それで下手人に、なにか見当はつきませんでしたか」

「とんでもない。なぜ殺したかが分からない上に、凶器は河原に転がっている石ころでしょう。これだけで下手人に見当をつけろと言われても、どだいむりな話ですよ」

あたりまえのように言った。

雪之介は呆《あき》れた。それを探しだすのがあんたの仕事だろうと言いたかったが、これでは言ってみたってむだなだけだろう。

つまり土地《ここ》では、このていどの仕事ぶりでも役人はつとまるということなのだ。

いちおう妙安寺にも足を運んだが、べつに得るものはなかった。

雪之介は和田川沿いの道をひきかえした。

お兼は毎日妙安寺にお参りしていた。それを下手人は知っていた。

しかし、お兼の日課はおおくの人に知られていただろう。そこから下手人をしぼりこんでいくにはむりがある。

お兼は石で頭を割られていた。その凶器だが、和田川の河原からひろったと思われる。

すると凶器の石もまた、下手人を知る手がかりにはつながらない。

すこし川沿いを下ったところで、雪之介は思い出して馬淵をふりかえった。

「来宮神社で殺されたお節さんですが、彼女、なんの用があってあの時刻に神社へ行ったんでしょうね」

お兼は妙安寺へお参りするのが日課で、それを知った下手人に襲われた。

お節の場合はどうなのだろう。彼女が来宮神社にくることを、どうして下手人は知ったのか。

「お節は父親の言いつけで、毎日夕方に、翌日の朝、神さまにお供えしてもらう干物を、神社にとどけていたのです」

「なるほど。すると下手人は、待てばお節さんがくることを知っていたわけですね」

「そうです」

「お節さんも、他人から怨まれることのない人だったそうですが」

「境遇がお兼と似てましてね。お兼は病身の母親との二人暮らしですが、お節は親父との二人暮らしです。もちろんお節の親父はぴんぴんしてますが」

お兼にもお節にも、殺される理由がないとなると、思案の落ちつくさきは、やはり通りがかりの凶行ではないかというところだった。

相手に怨みはないが、人を殺すことにつよい興味を持つ人物。つまり殺人狂である。もしそうなら探索はお手上げだ。殺されたものをとりまく、人と人とのかかわりから下手人をたぐっていけないからだ。

あとは偶然に頼るしかない。

手下人が出没しそうなところに網を張り、その網にかかってくれるのを待つしかないのである。

馬淵と別れると、雪之介はもういちど山陰の家に足を運んでみた。

もう帰っているころだろうと思った。

日はとっぷりと暮れ落ちている。

左右の木立を黒々とした闇が埋め、そのなかをわずかに白く、闇と見分けをつけながら、山道は汐見崎へとせりあがっていた。

山陰の家には灯が入っていた。弥栄はもどっているらしい。

声をかけると、数本の桔梗《ききょう》を手に、庭先から弥栄はすがたを見せた。

よく見ると、庭にはいちめんに桔梗が植わっている。その花の紫が暗闇のなかに沈みこむようにして見えた。よほど桔梗の好きな女らしい。

「わざわざ傘を返しにおいでいただいたんですね。留守にしていてもうしわけありませんでした」

雪之介を見ると、弥栄は自分から詫びた。

「いいえ、すぐお返しにこなければいけなかったのですが」

礼をかえしながら雪之介は、

（おや？）

と、思った。

このまえに逢ったときより、弥栄の声に張りのようなものを感じたからだった。

そう思って見ると、家のなかから漏れでる明かりに照らされて、顔の艶《つや》も輝いて見えるし、目の色も生き生きしている。

よほど嬉しいことがあったのだろう。

それほど弥栄を喜ばせた事情とはなんなのか。気にはなったが、本人に聞くわけにはいかない。

雪之介はあらためて弥栄に目を這わせた。

今日ここにきたいちばんの目的は、来宮神社近くで逢った女が、弥栄かどうかをたしかめるためであった。

だが、いくら目を光らせても、そうだという自信がもてない。

似ているようでもあり、似ていないようでもある。

(やはり別人なのか)

そう思いながら、なんとなく雪之介の神経に引っかかるものがあった。

まえに逢ったときとくらべ、弥栄から受ける感じがどこかちがうのだ。

生き生きして見えるという内面とは違い、弥栄の外見から受ける印象がどこかちがって感じるのである。

(いったいどこがどうちがっているのだろう)

どうしても雪之介はその理由に思いあたらなかった。

いつまでも女の顔をじろじろと見ているわけにはいかない。

「どうもお邪魔しました」

怪しまれないうちに退散しようと、雪之介がかるく頭をさげたときである。

手にした桔梗に目をあてていた弥栄が、その目をあげて雪之介を見た。

その拍子に花がひと枝足もとに落ちた。

弥栄の目がうつむいて、落ちた花を見た。

とたんに雪之介は、いっきょに身内から血の気がひいていくような、はげしい衝《しょう》撃《げき》にわしづかみにされた。

なにげなく見せた弥栄のその仕草が、来宮神社ちかくですれちがった女を鮮明に思い出させたのである。

あのとき女はうつむきかげんに歩いてきて、雪之介に気づくと一瞬顔をあげてこちらを見た。そしてすぐ、顔をそむけるようにして立ち去ったのである。

まさにそのときの表情の動きと、いま見せた弥栄のしぐさが、雪之介の心のなかでひとつにかさなった。

（この女こそ、来宮神社ですれちがった、あのときの女にまちがいはない！）

これまで雪之介を悩ませてきたものが、いっきょに氷解した気がした。

七

雨宮雪之介が宿に帰りついたのは、そろそろ五つ半（午後九時）になろうとするころだった。

まだ胸の鼓動《こどう》はおさまっていない。

弥栄は来宮神社で見かけた女にまちがいはない。

その思いは雪之介の心のなかで、動かしがたいものとして居座っていた。

（しかし……）

やっと弥栄を追いこんだと思いつつも、雪之介はまだ迷っていた。

（弥栄がお節を殺したとして、いったいなにが目的の殺しなのだろう）

そこが見えてこないのだ。

（しかも弥栄はお兼まで殺しているようだ）

となると、ますますふたつの殺しに、あいつうずる端緒《たんしょ》が見えなくなってしまう。

浮かぬ気持ちで富士見屋にもどった雪之介を、夏絵が心配そうに迎えた。

「傘を返しに行ったにしては、ずいぶんお帰りが遅かったですね。心配しておりましたの」

「ぱったり馬淵どのと逢いましてね。いろいろ話し込んでいたものですから」

「宿のご亭主が、雪之介さまに折り入ってお話があるそうで、なんどもこられてましたが」

「ここのあるじが私に？　はて、なんの用でしょう」

心当たりはなかった。

「じゃあ、こちらから出向いて、用件を聞いてきましょう」

雪之介が立ちかけたとき、障子が開いてあるじの吾兵衛が顔を見せた。

「お帰りになったと女中から聞いたものですから」

敷居の手前に膝をついて吾兵衛は言った。

「私にご用だとか」

「たいしたことでもありません。じつは私どもが昵懇《じっこん》にしている漁師が、去年、あとを息子に任せ、自分は漁師船を船遊びの船につくりかえて、あたらしい商売をはじめたのです」

「船遊びの船……？」

「沖まで漕《こ》ぎだして、海のうえで酒肴《しゅこう》を楽しんでもらおうという工夫なのです。沖から町の風景を見て楽しむのもいいし、頼めば釣りの道具も貸してくれます。釣れた魚はその場でさばいてくれるし……せっかく江戸からおいでいただいたのですから、なにか楽しんで帰ってもらわなきゃと……」

宿のあるじが気を遣って、段取りをたてようとしてくれているらしい。ありがたい話だった。

「気を遣わせて恐縮です」

雪之介は吾兵衛に頭をさげると、夏絵をふりかえった。

「私はいいと思いますが、夏絵どのはどうされます?」

川での船なら慣れているが、海にでるのは雪之介も夏絵もはじめてである。船酔いを心配しての雪之介の問いであった。

「せっかくのご親切ですから、お言葉に甘えましょうか」

さらりと夏絵は言った。

「じゃあお願いします。あとの段取りはお任せしますから」

雪之介は吾兵衛に頼むと、そこですこし言葉をあらためた。

「もしご承知だったら教えてほしいのですが、汐見崎の近くに弥助の寮と呼ばれている家がありますね。持ち主の大見屋さんはすでに亡くなられていて、あと、どなたかさんなら、そのへんのこと、なにかご存じではないでしょうか」

「大見屋さんが生前に口頭の遺言で、あの寮の差配《さはい》をどなたかに頼まれたとは聞いています。だが、どなたに頼まれたのか、私にはちょっと……」

「そのへんの事情をよく知ってそうな人に、心当たりはありませんか」

「あまりおられないんじゃないでしょうか。なにせ内々のことは、めったに口にされない方でしたから」

「大見屋さんの死に際に立ち合った人なんかに、心あたりは？」

「さあ？」

吾兵衛はしばらく思案していたが、

「番頭の伊助なら、なにか知っているかもしれません。十年以上も、伊助は大見屋さんのところで働いていましたから。大見屋さんにはお時《とき》さんという娘さんがいて、伊助と祝言を挙げるところまで話がすすんでいたのですが……」

話が思いもかけない方向にむいた。

「大見屋さんの娘さんは、海に身を投げて亡くなられたと聞きましたが」

「ええ、お時さんには前々から好いた男がいたんです。あまり素行のよくない男でしてね。大見屋さんは嫌っておられた。それで伊助との祝言を急がれたようです。ところがお時さんはその男が忘れられなくて、無理心中のようなかたちで海に身を投げた。いちばん傷ついたのは大見屋さんでしてね。伊助にはすまぬことをした、もうしわけないと、寝込むほどに思いつめられて……あげくに大見屋さんは、身代を伊助にゆずるから許してくれとまで……その心労が大見屋さんの寿命をちぢめることになったのかもしれません」

「伊助さんはどうされたんですか」

「伊助もお時さんにはしんそこ惚れていたようで、しばらくは立ち直れなかった。それがあとを引いたのか、いまだ彼は独り身でいます」

雪之介はなんとなく謎を解く糸口が見えてきたように思った。

大見屋は伊助に身代を継がせるとまで思いつめていた。すると、山陰の家を彼にゆずったとしてもおかしな話ではない。

「大見屋を継がせる話はどうなりましたか」

「伊助にその気持ちがなかったようです。娘の死に責めを感じた大見屋さんのすることが、かえって伊助の重荷になったのでしょう。けっきょく大見屋さんを辞め、知人の口利きでここにつとめてくれるようになったのです」

「弥助の寮を、伊助さんが大見屋さんからゆずり受けたということはないでしょうか」

「それはないでしょう。伊助がここにきたのも、大見屋さんに心労をかけまいとの心遣いです。だから気をつけて近づかないようにしていたようです。大見屋さんが亡くなって、そのお葬式に顔をだすまでは、いっさいかかわりを絶っていたようです。ただ、伊助というのは口のおもい男でしてね。いまお話ししたことは、伊助から聞いたのではなく、大見屋さんと親しかった方から聞いたことなんです」

ここまで事情が分かってくると、ここはなんとしても伊助に逢って、直接彼の口からたしかめたほうがいいと、雪之介は思った。

「富士見屋さん、いまの話ですが、私から伊助さんにお聞きしてもよろしいでしょうか」

「それはかまいませんが、話が話ですから、伊助が傷つかないように気をくばってやってくださいますか」

「じゅうぶん気をつけます」

待つほどもなく伊助がやってきた。

吾兵衛からどう説明を受けたのか、不安が表情をかたくしている。

「あなた、大見屋さんのところで働いていたことがあるそうですね」

雪之介はできるだけやわらかく質問をはじめた。

「はい、以前、大見屋さんにおりました」

「私がお聞きしたいのは、弥助の寮と呼ばれている家のことなんです。大見屋さんが亡くなられたあと、だれがあの家を差配しているのか、そのへんをご存じありませんか」

「まったく知りません。ここで働くようになってから、事情があって、大見屋さんには近づかないようにしてましたから」

「なるほど」

「寮のことなら、いろんな人から尋ねられました。でも大見屋さんは、生前に身代の始末はすべて自分でつけられていましたから、私はよく知りません」

堅い表情をくずすことなく、伊助は答えた。

「いま弥助の寮には弥栄という人が住んでいる。その人のことで、なにかご存じなら教えてくれませんか」

「知りません」

「弥栄という人が住みつくまえ、お筆という人があの寮にいたと聞いたのですが」

「ああ、汐見崎から身を投げて死んだ人ですね」

「それなんですが、どうも自害ではなくて殺されたらしい。汐見崎が見通せる茶屋の女中が、その女の人は、崖の方に顔をむけて、背中から海に落ちていったというのです。自分からとびこんだにしてはおかしいでしょう。どうもだれかに突き落とされたとしか思えない」

このときである。はげしく伊助の顔色が変わった。

お筆という女の死に、伊助はことのほかつよい手ごたえを示したのである。

そのあたりを一気に問いつめてみたい気はあったが、吾兵衛から、伊助を傷つけないでほしいと念をおされている。

問いつめるにしても、すこしあいだをおいたほうがよさそうだ。

そう判断して、そのときはいったん伊助を去らせた。

八

翌朝、まだ暗いうちに、雨宮雪之介はたたき起こされた。

「雪之介さま、おきてください。馬淵さまの使いの方が、お見えになっているそうです」

寝ぼけ眼《まなこ》でおきあがった雪之介に、夏絵が言った。

「馬淵どのの？」

「急いで伝えたいことがあるのだとか……」

「いま、何刻《なんどき》でしょう」

「七つ（午前四時）頃かと思いますが」

こんな早い時刻に、馬淵からなんの用件だろうといぶかりながら、雪之介は旅籠《はたご》の玄関にきた。

馬淵配下の小者と称する若者が、落ちつかぬ様子で立っていた。

「雨宮雪之介ですが」

「朝早くにおそれいりますが、雨宮さまにお運びいただきたいと、馬淵さまが申しておられます」

「なにかありましたか」

「お菅《すげ》という女が殺されかけました。来宮や和田川の殺しとおなじ下手人の仕業ではないかと馬淵さまが……」

「殺されかけたと言いましたね」

「出刃包丁で背中をひと突きされたのですが、急所をはずれていて命にさわりはないようです」

「それはよかった。で、どこへ行けばいいのです？」

「熱海港の近くに八幡神社《はちまんじんじゃ》があります。そこまでご足労願えますか。私がご案内します」

雪之介はいったん部屋にもどると、大小を腰にたばさみ、小者のあとについて宿をでた。

進むにしたがって、波の音がおおきくなった。

八幡神社は和田川をこえて、すこし南にくだったところにあった。小さな社《やしろ》だけの古びた神社だった。

境内に動きまわる人影が見えた。

雪之介を見つけて、馬淵孝太郎がこっちに歩いてきた。

「早朝にもうしわけありません」

「殺しがあったそうですね」

「さいわい命はとりとめましたが、どうもやり口から、来宮神社や和田川でおきたのとおなじ下手人ではないかと思ったものですから、いちおう雨宮どのには知らせておいたほうがいいかと……」

「よく知らせてくれました。ところでまずくわしい話から聞かせてもらえますか」

「刺されたのはお菅といいましてね、矢口屋《やぐちや》という乾物問屋につとめる下女です。昨日、店を終えて六つ半（午後七時）頃にここを通りかかった」

「若い娘が、このさびれた神社に、どんな用事があったのですか」

「つとめさきから家に帰るには、境内をつっきるのが早道で、いつもそうしていたようです」

「なるほど」

「ちょうどこのあたりまできたとき、お菅はいきなりうしろから包丁で背中を突き刺された。しばらく気を失っていたが、やがて意識をとりもどすと、這うようにして家にもどった。刺されたのが急所をはずれていたのと、刺した包丁が蓋《ふた》の役目をして血が流れでるのを防いだことがさいわいしました」

「お菅さんと、お節さんやお兼さんとのかかわりは？」

「本人に聞きましたが、まったく知らない間柄だそうで」

三つの事件では、襲われたもの同士にまったくつながりがない。

そのことは、

（通りすがりの殺しであることに、ほぼ間違いない）

と、見ていいようだ。

すると下手人にとって、殺す相手はどこのだれでもよかったのだ。

となると、下手人はますます手のとどかないところに行ってしまう。

（厄介なことになった）

苦い思いを嚙みながら、雪之介は馬淵からはなれて、ひととおり状況を見てまわった。

土のうえに乾いた血の跡がくっきりのこされている。だが、さほどの量ではない。

それが襲われた女の命を救った。

ひととおり歩きまわって、雪之介はおおきな槐《えんじゅ》の木の根方に、それを見つけてはっとなった。

櫛《くし》だった。かなり上物の黄楊《つげ》の櫛である。

雪之介がはっとなったのは、その櫛ではなく、その櫛を髪にさしていた人物を思い出したからであった。

「この櫛ですが、お菅さんのものではありませんね？」

ちがうと分かっていて、雪之介は馬淵にたしかめた。

「ちがうでしょう。お菅という女、そんな上等の櫛を持てるくらしぶりではありませから」

馬淵は関心なさそうに首を振った。

雪之介は着物の裾《すそ》をはらって立ちあがると、櫛をそっとふところに入れた。

これまで漠然としていたものが、黄楊の櫛の発見ではっきりしたかたちを取りはじめている。

雪之介は頭のなかに、すばやく事件の筋書きを書きあげた。

書きあげた筋書きに自信はあるが、ひとつだけ、どうしても納得のできないところがのこるのである。

(人を殺すことに喜びを感じる女。そんな女が実際いるものだろうか)

そのことであった。

(しかし、そうかんがえないと、辻褄《つじつま》が合わない)

のも事実であった。

(もういちど、弥栄に逢ってこよう)

雪之介が境内からでようとしたとき、

「お菅に逢って行かれませんか」

馬淵が聞いた。

「逢うのはもうすこし落ちついてからにしましょう。おそらくその必要はないと思いますが」

雪之介が境内からでたとき、むこうから息せき切って駆けてくる金次のすがたが見えた。

富士見屋をでるとき、雪之介は宿に、金次への使いを頼んでおいたのである。

「殺しだそうですね」

金次ははずんだ息のしたで言った。

「ここで若い娘が襲われた。来宮神社や和田川とおなじ下手人と見ていいようだ」

「放っておけませんね。放っておくとまたおなじことがくりかえされる恐れがある」

「もう起こらないだろう。下手人におおよその見込みをつけた」

「ほんとうですか」

「おれはこれから山陰の家へ行く。そこへ番頭の伊助を引きずってきてくれないか。彼の住居は富士見屋で聞けば分かるだろう」

「伊助をつれて行けばいいんですね。わけもねえ」

金次は鉄砲玉のように勢いよく駆けだしていった。

それを見送って、雪之介は山陰の家へと足をむけた。

汐見崎への道は昼でもあまり人を見ない。まして早朝である。あたりはまだ眠ったように物音を失っていた。

ときおり思い出したように風が吹き、そのときだけ左右の木立が騒がしくなった。

山陰の家がそこに見えてきた。

戸口に立つと、雪之介はほとほとと板戸をたたいた。

内部《なか》から応《こた》えはなかった。

雪之介はたたく手に力をこめた。

たとえまだ眠っているとしても、目をさますほどの音である。

それでも人のおきだす気配はなかった。

「おやすみのところもうしわけありませんが、ここを開けてもらえませんか。ちょっとお聞きしたいことがあるのです。弥栄さん！」

呼んでみたが、家のなかは森閑《しんかん》としている。

（いないのだろうか）

とも思ったが、こんな早朝にどこかへでかけたとも思えない。

雪之介がたたく手に、さらに力をこめようとしたとき、駆けてくる金次のすがたが目にとびこんできた。

「旦那、伊助がすがたを消しました。富士見屋からおそわった住居は、もぬけの殻《から》で……」

伊助がいなくなった。しかも弥栄も留守らしい。

（ただごとではない！）

思ったとき、雪之介はもう駆けだしていた。

「旦那、どこへ？」

金次は泡を食ったように、遠ざかる背中に叫んだ。

「汐見崎だ！　伊助も弥栄も、おそらくそこにいる！」

いつしか風がつよくなっている。その風に雪之介の声はかき消された。

朝明けの風景のなかに、見覚えの樹海がぼんやりと見えてきた。

そのあいだの道を入れば、汐見崎の断崖はすぐである。

雪之介がそこまでやってきたとき、崖のほうからしめやかな人の足音が聞こえてきた。

木立のなかにはまだ薄闇がたまっている。それをかき分けるようにして人影があらわれた。

伊助であった。
伊助は歩くというより、身を引きずるようにしてこちらにやってくる。
木立を抜けて、朝日のきらめきがまっすぐに落ちてきた。
伊助の顔がまばゆく輝いた。
魂を失ったように、その表情には生気がなかった。まるで死人のそれだった。
（遅かったようだ！）
苦いものが胃をつきあげてきた。
「伊助さん！」
雪之介は呼んだ。
伊助の足が釘《くぎ》づけになった。
双方の目がぶつかり合って、しばらく停止した。
「弥栄さんはどこにいますか？」
喉《のど》にからむ痰《たん》を切るようにして雪之介は聞いた。
すぐに伊助は答えなかった。
風が木の葉を鳴らして過ぎていった。
その音を押しのけるようにして伊助が言った。

「弥栄は、私が……私が……たったいま殺しました」

雪之介は軽いめまいを覚えた。

最後のひとりを救えなかった無力さに、自分で自分に腹が立った。

「お筆をそうしたように、弥栄も汐見崎の崖からつきおとしました」

そこまで言うと、伊助はくずれるように地面にへたりこんだ。

雪之介は金次をふりむくと、なにか耳打ちした。

うなずいて金次は走り去っていった。

雪之介は伊助のまえにくると、片膝をつくようにしてのぞき込んだ。

「弥助の寮を大見屋さんからゆずり受けたのは、伊助さん、あなたですね。そしてそこに、最初はお筆さんを、そしてそのあとに弥栄さんを住まわせた。そうでしょう？」

「そのとおりです。私と大見屋さんのお嬢さんとのことは、もうお聞きおよびと思いますが……そのことで大見屋さんは、私にもうしわけないと思ったのか、自分の子供にもそこまでしないだろうというほどに、気を遣ってくださいました。それがかえって負担で、私は大見屋さんをとびだして、富士見屋さんのお世話になることにしたのです」

「………」

「以来、私はできるだけ大見屋さんには近づかないようにしていましたが、とつぜん旦那さまは血を吐いて倒れられたのです。労咳《ろうがい》だったようです。それからは月に一度くらい、お見舞いにいくようになって……そんなある日……たしか大見屋さんが亡くなられる三日まえだったと思います。見舞った私に、娘の不始末になにひとつお詫びらしいことはできなかったが、せめて汐見崎の寮をゆずりたい。なにもいわずに受け取ってくれと……」

「大見屋さんからゆずりたいと言いだされたんですね」

「はい。しかし、そこまでされるいわれはない。それで名義はそのままにして、こっそり使わせてもらっていたのです」

「大見屋さんは、ずっと娘さんの不始末を気にかけておられたんですね」

「私がずっと独り身をとおしていたので、それが大見屋さんには、お時さんへの義理立てのようにうつったんでしょう。寮をゆずるから、いいお嫁さんを迎えてそこで幸せに暮らすようにと……私はしんそこお時さんに焦《こ》がれていましたのでね、死なれたことが悔しくて……女の人への不信みたいなものが、そのあとも私をがんじがらめにしてしまって……それで独り身をとおしてきたのです」

「そのあなたはぐうぜんお筆さんに出逢い、それで気持ちが変わった」

「伊豆山の祭礼にでかけたときに、お筆と出逢ったのです。あっけらかんとした気のいい女でした。ひとめで気に入って寮に住まわせることにしました。まさかあの女に盗み癖があったなんて」

「まあ立ちませんか。山陰の家へ帰る道々つづきを聞かせてください」

言われて伊助はよろよろと立ちあがった。

「この足で私は、番所に自首してでようと思います」

「その必要はありません。金次を走らせましたのでね、まもなく馬淵どのがこちらにやってくるでしょう」

気力が萎《な》えた伊助をかかえるようにして、雪之介は山道をくだっていった。

「どこからとなく盗みの噂《うわさ》が聞こえてくるようになって……そのときは、まさかお筆がやっているとは夢にも思いませんでした。でもある日、私はお筆が品物に手をかける現場を見てしまったのです。全身に冷や水を浴びせられた思いでした。このままにはしておけない。お筆がお縄になるようなことになっては、私の身にも禍《わざわい》がふりかかる。そうならないためにと……身勝手は承知で、こっそりとお筆をしまつする決心をしたんです」

「………」

「欲しくて人のものを盗むなら、まだ解決のしようもあります。けど、お筆はそうではなかった。盗みをはたらく瞬間の、心ノ臓をわしづかみにされる興奮が忘れられなくて、人のものに手をだすのだと……」

「お筆さんを手にかけたあとで、あなたは弥栄さんと出逢ったんですね」

「熱海湾のあたりで、ぼんやり歩いてるのを見かけたんです。聞いてみると江戸の暮らしに飽きた。どこか海のちかくで暮らしたいというでしょう。それで寮へつれていってやったんです。はじめは二、三日ほどおいてやるつもりが情が移ったのでしょう。私の女にならないかと……」

「それで弥栄さんは、あの家に居着くようになった。ただ、分からないのは、なぜ弥栄さんが、どうしてお節さんやお兼さん、お菅さんまでを手にかけようとしたかです」

伊助はすぐに返事をしなかった。つぎの言葉を口にするのがいかにも辛そうに見えた。

雪之介は待った。

やがて伊助は思い切ったようにそれを口にした。

「弥栄は人を殺すことに執着を持っていました。本人に聞きましたが、どうしてこんなことになったのか自分でも分からないそうです。ただ、三つくらいのころに、父親と母親が盗賊に殺される現場を見てしまった。そのときの恐怖と怨みが、しらずしらず心のそこに歪《ゆが》んで残り、それが自分を人殺しに走らせるのかもしれないと言っていました」

事実とすれば恐ろしい話だった。

弥栄の幼児のころの忌《い》まわしい体験が、人殺しに執着する性格となって遺ったというのである。

だとすればだれも、弥栄を非難することはできないだろう。

「お兼さんという女《ひと》が殺された晩でした。仕事をすませて寮へ行くと、ちょうど弥栄がどこからかもどってきたところでした。手にべったりと血がついていて、着物にも返り血が飛んでいる。どうしたんだと聞くと、転んで怪我をしたというでしょう。嘘だとは思いましたが、とりたててとがめだてはしませんでした。それからしばらくして来宮神社で女が殺された。そのときも、もしやとは思いましたが、まさかという気持ちのほうがつよくて、そのままにしておきました」

「そして今夜ですね」

「八幡神社で女の人が殺されたと聞き、弥栄を問いつめたんです。あっさりと三人を殺したことを白状しました。私はどうしていいか分からず、ただ茫然としていました。そのときです。弥栄が手を合わせて殺してくれと頼んだのです。私を可哀相だと思うなら、その手で殺してくれと……このままだと私はまた人を手にかけてしまうだろうと……」

「それで殺したんですか」

「はい。私ってなんと女運の悪い男なんでしょう。最初好きになった女は、ほかの男と心中してしまい、やっと心のしがらみから抜けだして得たお筆という女には盗み癖があった。お筆から解き放たれたと思うと、つぎに得た女には人を殺す癖があった。神さまも悪ふざけが過ぎます」

伊助は思わず声をつまらせた。

そこに山陰の家が見えてきた。

「あなたにとって、不幸を運んできただけの女でしょうが、それもひとつの人と人の出逢いでしょう。お筆さんと弥栄さん、このふたりを弔ってやれる人はあなたしかいない」

雪之介はかすれた声で言った。

「私もそのつもりでいます。罪を償って、もしもどることができたら、のこった命はふたりの供養につかいましょう。お筆は桔梗の好きな女でしたから、彼女の墓には桔梗を植えてやります」

聞いて雪之介は、弥栄が手にしていた桔梗を思い浮かべた。

そうか、あれはお筆への供養のために摘んできたのだ。

そんな優しい気持ちを持った女が、人を殺すことに執着するなんて、伊助の言葉ではないが、たしかに神さまの悪ふざけが過ぎる。

そんなことをかんがえていると、ぽつりと伊助が言った。

「桔梗は私とお筆をつないでくれていますが、弥栄とわたしをつなぐものはなにも遺っていません。ここに住むようになってから、まだ日が浅いものですから」

雪之介はゆっくりとふところから黄楊の櫛を取りだした。

「これは弥栄さんのものでしょう。まえに逢ったとき、あの人はこれを髪に飾っていた。それが昨夜逢ったときは、鼈甲《べっこう》に変わっていた。お菅さんを殺したときうっかりなくしてしまったので、鼈甲に変えたんでしょう。私はそんな弥栄さんを見て、どこか、なにかがちがうとは思ったが、櫛が変わっていることに気づかなかった。あのときもし気づいていたら、弥栄さんを死なせずにすんだかもしれないのですが」

「いえ、これでよかったのです。おかげで私は、弥栄がお縄になるところを見ずにすみました。弥栄の罪は、かわって私がかぶっていきます」

伊助もまた心根の熱い男らしい。

そこに雪之介は、わずかだが救いのようなものを感じた。

「この櫛、あなたにさしあげましょう。これを弥栄さんの形身だと思って、大切にしてあげてください」

「ありがとうございます」

伊助は黄楊の櫛を、手のなかに包みこむようにして受け取った。

「殺しの場に落ちていた証拠の品を、勝手に処分するのは役人として許されないことですが、あえてその禁を破りましょう。さあ、早くそれをしまいなさい。まもなく馬淵どのがやってきます。彼に見つからないまえに、さあ早く……」

言いながら雪之介は、胸がチクリと痛むのを感じた。

だがそれは、どこかさわやかで、気持ちが透きとおっていくような痛みであった。

ふたつの顔

一

「今日一日、よろしくおねがいします」

その女ははずむ毬《まり》のようにかろやかな声で挨拶《あいさつ》をした。満面にこぼれるような笑顔がのっている。

そして、

「小料理屋『伊勢《いせ》』の女中で、小夜《さよ》ともうします」

と、名乗った。

明るすぎて、まぶしいほどの女である。

「こちらこそ、お世話をかけます」

夏絵《なつえ》も負けないくらいの笑顔をかえした。

今日が「富士見屋《ふじみや》」のあるじ吾兵衛《ごへえ》が声をかけてくれた、船遊びの日である。

熱海《あたみ》に着いてすぐ雨宮雪之介《あまみやゆきのすけ》は事件にまきこまれ、湯を楽しむどころか、解決に追われる日をおくってきた。

それもようやく落着をみた。しかもその事件におおきくかかわったのが、富士見屋の番頭の伊助《いすけ》であった。

「せっかくの旅を伊助が台なしにしてしまいまして、もうしわけなく思っております。その罪滅ぼしと申してはなんですが、いつかお話しをした船遊びを楽しんでいただこうと、勝手に日をきめさせてもらいました。どうか熱海の旅がいい思い出となりますよう、ぞんぶんに楽しんでください」

気を遣った吾兵衛が、今日のお膳立てをすべてととのえてくれたのだった。

金次《きんじ》夫婦も誘ったが、いつものとおり、

「どうぞ、旦那《だんな》と夏絵さんとで、ゆっくり楽しんできてください」

金次は辞退した。

熱海にきてから骨をやすめるひまもなく、事件の解決に走りまわってきた雪之介と、そのあおりを食った夏絵とを、二人っきりにしてやろうという金次なりの心遣いとは分かっている。

分かっているが、いつもかわらぬ繰り言に、めずらしく夏絵が腹をたてた。

「金次さんがそんな分からず屋とは思いませんでした。私は金次さんを、雪之介さまのお父さん代わりの人だと思ってきました。だったら私は嫁いできた娘です。その娘のいうことが聞けないとおっしゃるなら、今日かぎり金次さんのことをかんがえ直させていただきます」

とたんに金次は、ぽろぽろと人前もかまわず涙を流した。

「夏絵さんが、そこまであっしのことを……」

あとは言葉にならず、ただ鼻水だけをすすりあげている。

「承知していただけますね。江戸から四人いっしょにきながら、私たちふたりだけが船遊びにでて、なにが楽しいものですか」

金次の鼻水はますますはげしくなった。

こうして金次夫婦の同行はきまった。

もともと漁船だったのを、江戸の屋形船風につくりかえてある。

船頭は漁師あがりの元吉《もときち》という年寄りだった。

年寄りとはいえ、赤銅色の肌に、肩や腕の筋肉はもりあがっている。とても六十を過ぎているとは思えない。

元吉が船を岸につけると、ひかえていた伊勢の若い衆が、岡持《おかもち》を船内に積みこんだ。小夜もかいがいしく手伝っている。

やがて雪之介と夏絵、そして金次夫婦がのりこみ、船はゆっくりと熱海港をはなれた。

海から見る町の景色は、またちがっていた。山と海にかこまれた一郭《いっかく》にひろがる町並みは、江戸にはない長閑《のどか》な空気につつみこまれている。

心配したが、沖にでても船はほとんど揺れなかった。よく晴れあがった空のしたで、海は眠ったように凪《な》いでいる。

「こんなしずかな海は、一年のうちにもそうはありません」

元吉が言うほど、海にいるとは思えない安らかさであった。

「あれが伊豆山《いずさん》です」

いくつかならんだ山並みのひとつを指さして、小夜はおしえた。

「それからあそこにつきだしているのが汐見崎《しおみざき》です」

小夜はいかにも楽しそうに、つぎつぎに風景を紹介した。

だが、手はひとときもやすんでいない。

　岡持にはいった料理を、用意した小皿にとりわけている。

　やがて四人のまえに、胡麻味噌《ごまみそ》をのせた豆腐と、里芋の煮物がならんだ。

「ほんのお口汚しです。料理のいたらないところは、どうぞ熱海の風景に免じておゆるしねがいます」

　小夜はそう言い、酒の入った銚子《ちょうし》をとりあげると、雪之介と金次の盃《さかずき》に注いだ。

酒は甘口の冷やである。

　酒は雪之介の腹へ、沁《し》みとおるようにおちていった。

　「この船では、いつもこうして料理がいただけるのですか」

　夏絵が聞いた。

「酒とおつまみていどのものはだしますが、このように料理屋のような料理をだすことはありません。今日は富士見屋さんのたってのご依頼で、伊勢さんにむりを言いました」

　元吉が答えた。

　たとえ伊助のことがあったにしても、この親切は過ぎている。

　そこに情けに厚い吾兵衛の人柄が見えた。

　つづいて鯛の刺身がでてきた。

「最初は沖で魚を釣りあげ、それをお客さまの目のまえでさばくつもりでいたのですが、もし釣れなかったときを心配して、朝漁《と》れたばかりの鯛を用意しました」

小夜が言葉を添える。

富士見屋の口利きもあるのだろうが、みんながみんな気遣いを見せてくれている。それがまた雪之介のあたらしい感動になった。

刺身を食べおわらぬうちに、松茸《まつたけ》を浮かせたすまし汁がでた。

船のうえでは火を使うことはできない。だから汁は冷たくしてある。

それがまたよく口に合った。どういう工夫をほどこしたのか、松茸の香りもうしなわれていない。

つぎつぎにだされる料理に感動しているうちに、船は相模湾《さがみわん》をひとまわりして、熱海港にもどった。

「お世話をかけましたね」

夏絵がねぎらうと、

「いいえ、行きとどかないところがあったと思いますが、ごかんべんねがいます」

小夜はていねいに頭をさげ、持ちまえの明るい笑顔を見せた。

「気持ちのいい娘さんですね」

帰り道で、まだ手を振って送ってくれている小夜を見返りながら、夏絵は言った。

「あの仕事が楽しくてしかたないのでしょうね、きっと……」

「ほんの短いおつきあいでしたが、どうか幸せになってほしいと思わせる娘さんでしたね」

四人は富士見屋にもどると、あるじの吾兵衛へ親切の礼を言い、そのあと金次たちは「桃山《ももやま》」へ帰っていった。

別れぎわに金次は、

「逗留《とうりゅう》の予定をすこしのばしたらどうです。旦那も夏絵さんも骨休めになっていない」

気の毒そうに言った。

はじめの予定では、行きもどりの日程はべつにして、熱海には五日の滞在のつもりできている。

ところが最初の四日は事件でつぶれてしまった。

そして今日の船遊びである。

明日発つとしても、予定を一日過ぎてしまう。

ただし滞在五日は雪之介がひとりきめたことで、前島兵助《まえじまひょうすけ》は半月ほど休めと言ってくれていた。

その言葉に甘えて、あとすこし逗留を延長しようと雪之介は思った。

「せっかく熱海まできたのだから、伊豆山神社《いずさんじんじゃ》にも詣《もう》でておきたいし、七湯巡《ななゆめぐ》りも楽しみたい。土産物《みやげもの》も買いそろえなきゃならないし、与力の言葉に甘えてあと三日、滞在を延ばすことにしよう。残りの日で、ぞんぶんに熱海を楽しもうじゃないか」

雪之介ははりきって言ったが、その三日が、またまた事件で無になろうとは、予想もしていなかった。

二

遺書を書きおえると、小夜はおおきな仕事をすませたような気がした。

あの人がやってくるには、まだかなり待たねばならないだろう。

立ちあがると小夜は、裏庭の障子をあけた。庭といっても猫の額《ひたい》ほどのひろさしかない。

そこに菊や秋萩《あきはぎ》が、いちめんに咲きほこっている。そのなかで、すこしさかりを過ぎた赤《あか》の飯《まんま》の花が、おもたそうに穂を垂れていた。

赤のまんまとは犬蓼《いぬたで》の花のべつな呼び方で、秋になると穂状《すいじょう》の赤い花をつけた。

六畳の間と四畳半の板間、かまどや水瓶《みずがめ》をおいたわずかな土間。それだけのせまい住居《すまい》である。

大工だった父が、仕事のあいまをみて建てた家だった。

その父も三か月まえに亡くなっている。

ひとりになると、いままで手狭だと思っていた住居が、逆にひろすぎるように小夜には思えた。

その思いは、顔の覚えもないうちに母を亡くし、父と二人寄り添うようにして生きてきた娘の、心の隙間《すきま》が持つひろさからくるものかもしれなかった。

（あの人はきてくれるだろうか）

とっぷりと暮れ落ちた庭を見通しながら、小夜は不安になってきた。

庭のさきには、朽ちかけた枝折り戸《しおど》がついている。そのむこうは鬱蒼《うっそう》とした雑木林である。

小夜の家はぽつんと一軒、雑木林を背に建っていた。

その林のなかの小道を通り、庭をぬけてその人はくるはずだった。

小夜が今夜ここに誘ったとき、芳之介《よしのすけ》はかなりためらった。

けっきょく小夜におしきられて、不承不承うなずいたのだが、もともとが意志のよわい男である。

小夜は障子をしめると、部屋にもどった。

塗りの剝《は》げた膳箱《ぜんばこ》がふたつ、部屋の真んなかにならんでいた。蓋《ふた》を裏返せばお膳になる。

膳箱のまえの座布団も、客の訪れを待ちかまえている。

小夜は目を閉じると、やり残したことはないか、もういちど胸で反復してみた。

夕方、外出着に着替え、小夜は五、六間ほどさきにあるお園《その》の家を訪ねた。

彼女は左官の亭主と二人そこに住んでいる。年頃も似かよっていることもあって、ふだんからお園とはしたしくしていた。

「もらいもののお裾分《すそわ》けよ」

小夜は皿にのせた糸撚鯛《いとよりだい》をさしだした。

「あら、どこかへお出かけ？」

外出着に気づいて、お園は聞いた。

「ええ、まあ」

曖昧《あいまい》に答えて、小夜はお園の家を辞した。

物事にめざといお園のことである。いまの小夜の身なりを、彼女はしっかり覚えてくれたであろう。

もどると、今夜の料理の調理にとりかかった。まずお園へとどけた残りの糸撚鯛を焼いた。

松茸も奮発《ふんぱつ》した。これは吸い物と、松茸ご飯にした。

削りかつおを乗せた豆腐、菊菜の白和《しろあ》え、小蕪《こかぶ》の酢漬け、どれもこれも芳之介の好物である。

お酒もすこし用意した。芳之介はあまり酒はつよくない。

これでむかえる準備はすべてととのった。

ただ、もうひとつ忘れてならないものがある。

小夜は南向きの窓に目をむけた。窓際に鋸歯様《のこぎりばよう》の葉をつけた植物の鉢がのっかっている。

鳥兜《とりかぶと》だった。

鳥兜は根に毒を持っている。

鉢植えの一部はすでに根を乾燥させ、粉にして、いつでも飲めるように用意してあった。

手はずは十分だった。あとは芳之介がくるのを待つだけである。

小夜が芳之介と出逢ったのは、彼が客として伊勢へやってきたときである。三年まえのことであった。

色白で鼻筋のとおった、女にしてもいいような優形《やさがた》の男。それが最初に見たときの印象だった。

そのとき芳之介は何人かの男友達といっしょだったが、それから五日ほどして、今度はひとりでやってきた。

小夜を指名した。

あとになって芳之介は、

「ひと目見たときから、おまえのことが忘れられなくなったんだ」

と、告白している。

小夜も、そこまでではないにしても、

(優しそうな人。この人が亭主なら、私のこと、きっと大切にしてくれるだろうな)

勝手な妄想《もうそう》をふくらませた。

それからいくどか芳之介は伊勢にやってきた。小夜が目あてであることは明白だった。

芳之介の熱心さに、小夜の気持ちもかたむきだした。そのうち、思いのはげしさでは、小夜が芳之介をしのぐようになった。

（この人なしでは、私は生きていけそうもない）

と、思いつめた。

いくら思いつめても、しょせん小夜のひとり相撲《ずもう》である。

芳之介は熱海でも知られた呉服屋「藤屋《ふじや》」の跡取りだった。

いくら好きになっても、いっしょになれる相手ではない。小夜の願いは、とうてい手のとどかない夢のなかの話であった。

小夜と芳之介はいつからか人目につかないよう、ひそかな逢瀬《おうせ》を楽しむようになっていた。

人目を避けたのは芳之介に傷がつかないようにとの、小夜の気遣いである。

逢うときはいつも場所を変えた。知った顔に出逢うおそれのある熱海は避けた。

ときには伊豆山や姫《ひめ》の沢《さわ》あたりまででかけることもあった。

さきに実りの見えない逢瀬だったが、小夜は充実していた。

その充実は、いつか虚しさに変わっていった。実りのない充実の行きつく場所は、そこでしかなかった。

芳之介から、「いっしょになろう」と言いだしたことがあった。

父を説得して、小夜を藤屋の嫁にむかえるというのである。

うれしかったが、

(そうはいかない)

ことが重すぎる実感として、小夜には分かっている。

藤屋という大店《おおだな》の嫁に、小料理屋の女中風情《ふぜい》がむかえられるはずがない。

それよりなにより、芳之介に父親を説得するだけの「押し」があるとは思えないのだ。

芳之介の浮ついただけの求婚は、小夜の虚しさをさらにおおきく、ふかくさせただけだった。

芳之介に何度か縁談の話があった。そのたびに芳之介はことわっている。

ことわってくれたことが、自分への愛の証《あか》しのように思えて、そのときだけ小夜は、心が沸《わ》き立つような幸せを感じた。

だが、熱はいつかは冷める。

(いつまでも、こんなかかわりをつづけていてはいけない)

小夜は歯ぎしりするように焦った。

（なんとかしないと、おたがいが不幸になるだけだ）

と、思うのだ。

思いつつも、小夜は芳之介への思いを断ちきれなかった。

そんななかで小夜の父が死んだ。

そのあと始末に十日ばかり店を休んだ。

まるでそれがひとつの区切りのように、芳之介はぱたりと小夜のまえに顔を見せなくなった。

噂《うわさ》だけが聞こえてきた。

熱海には藤屋とならぶ大店のひとつに、「房屋《ふさや》」という小間物をあつかう店がある。

そこの娘と芳之介とに、祝言の話がまとまったというのだ。

房屋の娘は熱海小町といわれるほどの美人で、芳之介の熱のあげ方はふつうではない。そんな噂も、かなりのたしかさで小夜の耳に聞こえてきた。

（なんとしても芳之介さんに逢って、本心を聞かなくては）

小夜は思ったが、その機会はなかなかやってこなかった。

それとなく人に言伝《ことづて》を頼んだこともあるが、なしのつぶてである。

あきらかに芳之介は小夜を避けていた。

そんなある日、ひょっこり小夜は芳之介と町で出くわした。芳之介のあわてようは気の毒なほどだった。

嫌がる彼をひきずって、ちかくの茶店に入った。芳之介の本音が聞きたかった。

ところが小夜が言いだすまえに、

「これまでのこと、なかったことにしてくれないか」

芳之介は哀願するように言った。

「私のことが嫌になったのね」

「………」

「男ならはっきりしなさいよ。嫌になって、房屋さんの縁談話にのったのね」

つい口調があらくなった。それまでは優しさとうつっていた芳之介の優柔《ゆうじゅう》さが、このとき小夜は我慢できなくなっていた。

「これまでのこと、なんとかお金でけりをつけたいと思っている」

「女が男を好きになるってことは、金銭ずくじゃないのよ！　あなた、そんなつもりでこれまで私とつきあってきたの？」

「そうじゃないけど、私としてはお金で解決するしか……」

「お金なんかいりません。このままなんにも言わずに別れましょう。ものごとをお金で片づけようとするあなたの言葉に、さもしい本性が見えたもの。未練なんかないわ」

捨てぜりふを残してとびだしたものの、小夜は涙があふれてきてとまらなかった。

別れるとは言ったものの、一人になると、小夜の気持ちは揺らいだ。

生まれてこのかた、本気で好きになった男は芳之介がはじめてである。

その相手を、そうかんたんにあきらめられるものではない。

（あんな言い方、しなければよかった）

後悔が胸をしめつけた。

三

後悔とあきらめを行きつもどりつして、小夜の気持ちの落ちついたさきが、

（いっそ、死んでしまおうか）

と、いうことだった。

父に死なれたことで、心が空洞《くうどう》になっている。そのせいか、死ぬことが小夜にとって、すこしも怖くはなかった。

死のうときめた瞬間、さわがしかった気持ちがしずかになった。
不思議なことに、裏切った男への憎しみは消えていた。
問題はどう死ぬかであった。
死ぬと決めてからの一か月、小夜はその方法に心をくだいた。
やっと死への筋書きを心に書きあげると、小夜はそれを行動に移すことにした。
まず、藤屋の表で芳之介を待ち伏せ、用意した文《ふみ》を手渡した。

あなたは房屋さんのお嬢さんと幸せになってちょうだい。私は黙って身を引きます。ただ、ひとつお願いがあるの。別れるまえにあなたとふたりっきりの夜を過ごしたいの。それをいい思い出に、私はあなたから見えないところに去るつもりよ。三日後の夜、訪ねてきてちょうだい。だれにも見られないように、こっそりとね。もし、この願いをかなえてくれなかったら、私なりに覚悟があります。

文にはそう書いた。
はたしてあの気のよわい芳之介が、誘いにのってやってくるかこないか、そのたしかさは五分と五分だった。

だから最後に「私なりに覚悟がある」と書き添えた。

しずかな脅迫である。そう書けば肝っ玉のちいさな芳之介は震えあがるだろう。

裏庭でしのぶような足音がした。芳之介がやってきたらしい。

小夜はたっていくと、裏庭の障子をあけた。

月のない庭先に、芳之介は闇に溶けこむようにして佇《たたず》んでいた。

「きてくれたのね」

小夜の声はこころなしかうわずった。

「おまえのたっての頼みだろう。無視できないよ」

芳之介は肩肘《かたひじ》を張るような言い方をして、雪駄《せった》をぬいだ。

「ここにくるところ、だれにも見られなかったでしょうね」

「大丈夫だ。じゅうぶんに気をつけたからね。それにしても、どうしてそこまで気をつかうんだ」

「わけはおいおい話すわ。とにかくそこにすわって」

芳之介は座布団にあぐらをかいた。

「あなた、ここにくるの、はじめてね」

「そうだ。親父さんが元気なときは遠慮してたからね」

「その父が死んだ。そのころからよ、あなたの様子が変わったのは」

「とつぜん房屋との縁談話が持ちあがってさ。私は嫌だと言ったんだけどね、親父が先手をうって、嫌も応もいえないところまで話をすすめてしまっていたんだ」

「でも結局、房屋さんの娘さんとの縁談に、あなたはのったんでしょう」

「勘違いしないでくれ。私が好きなのは、小夜、おまえだけなんだ。いまでもおまえを愛しているし、このさきもきっと忘れないだろう」

口先だけのことだと分かっていながら、小夜はその言葉に思わずホロリとしそうになった。

「いくら愛してくれてたって、人の旦那さんじゃうれしくもないわ」

たちあがると酒の用意に小夜は土間におりた。

「ところで、今夜私を呼びだしたのは、なんのためだね?」

「あなたと最後のひとときを過ごしたかったの。それだけ……」

「ほんとうにそれだけなのか?」

「それだけよ。二人だけでささやかな夕餉《ゆうげ》をとって、それをいい思い出にしてきっぱりと別れたい。そのために最後のわがままを聞いてもらったってわけ」

「そうか」

「それに、二人の昔もきれいにしておきたいしね」

　ふたつの盃に半分ほど酒を注ぎ、夕餉ははじまった。

　芳之介は膳にならぶ好物に、うれしそうに箸《はし》を動かしていたが、

「いま、昔をきれいにしたいって言ったけど、あれ、どういう意味だね」

「これまで、私はあなたとのこと、できるだけ人には知られないように気をつけてきたわ。あなたは大店の跡取り。小料理屋の女中風情が奥さんになれないことくらい、はじめから分かっていた。いつかは別れるときがくる。そんなとき女がいたと知れればあなたに傷がつく。それで人目を避けたの」

「おまえと知り合って、しばらく伊勢には通ったけど、ほんの二月《ふたつき》ほどだ。いまとなっては私たちがとくべつな仲だってこと、店のものだって気づいちゃいないだろう。きれいにしなきゃいけないことなんてなかったと思うが」

「あるの、それが……」

　小夜は言うと、髪から櫛《くし》と簪《かんざし》を抜きとり、帯に挟んだ帯留めをはずして、芳之介のまえにおいた。

「これ、みんなあなたからもらったものよ」

「そうだったかね。忘れてしまってた」

「あなたとのかかわりを、私の身のまわりからすべて消し去ろうと思ったの。でも、意外にすくないのでびっくりしちゃった。人目を避ける仲だったからむりないんだけどね。でも、ちょっと寂しかった」

小夜はそこでちいさなため息をひとつつくと、

「この三つをあなたに返します。人目につかないようにしまってちょうだい。間違ってもおろそかにしちゃ駄目よ。これが消えれば、あなたと私のかかわりを証拠づけるものは、なにもなくなるの」

押しつけられるようにして、芳之介は櫛と簪、そして帯留めを受け取った。

「さあ、ゆっくり最後の夕餉を楽しみましょう」

言われて芳之介は料理を口に運んだが、ふと気になったのか、

「さっきから二言目には最後だ最後だって言ってるけどさ、あれはいったいどういう意味なんだ？」

こういうことには鈍《にぶ》い男が聞いた。

「正直に言うわ。あなたを帰したあと、私、死ぬつもりなの」

「馬鹿も休み休み言え」

「嘘じゃないわ、本気よ。いろいろかんがえて、そうきめたの。私が死ぬことが、あ

なたにとって、いちばん後腐《あとくさ》れのない方法だと思うの。あなたの昔を汚した女が消えていなくなるんだもの」

「そんなことをして、私がよろこぶと思うのか」

「あなたのためじゃない。私自身のためなの。あなたは私に素晴らしい思い出を残してくれた。その思い出が色あせないようにするためにね」

「すると鳥兜をせがんだのも、死ぬことをかんがえてのことだったのか」

「さあ、どうかしら。でもそんなこと、もうどうだっていいじゃない」

二人はしばらく黙って、窓際の鳥兜をながめていたが、その沈黙をするどい鋏《はさみ》で切りとるようにして、小夜は言った。

「死ぬと決めたこと、私はちっとも後悔していないわよ。たとえ別れても、私はずっとあなたを愛しつづけたいと思ってる。でも、刻《とき》が経てばその気持ちもしだいに薄れていくでしょう。だったらいま死ねば、あなたへの気持ちは、そこで、いまのかたちのまま消えずに残ると思うの。あなたとの愛を守りとおすために、私は死ぬの」

芳之介は言葉もなく小夜を見た。

この女は本気で死のうとしているらしい。それも自分との愛をつらぬくために。

（可愛い女だ）

芳之介は思った。

そこまで自分を愛してくれる女は、ほかにはいないだろう。

(もしかしたら、この女を捨てようとした自分がまちがっているのかもしれない)

そう思った瞬間、芳之介は座布団から身をずらせて、小夜の腕をつかんだ。そのまま押し倒そうとした。

こんな可愛い女がいたことを、芳之介は身体《からだ》に覚えさせておこうと思った。

おおいかぶさってくる芳之介を、小夜は力いっぱい押しのけた。

「だめ！　今夜あなたがここにきたことは秘密よ。私が死んで、ここにあなたがいたと分かれば、いちばんに疑われるのはあなたなのよ」

芳之介の腕から力が抜けた。言われればそのとおりだった。

いつのまにか食欲が失せていた。

芳之介は力なく箸をおいた。

「ごちそうさま」

「もう食べないの？　あたりまえよね、こんな話じゃ食欲も湧かない。もっと楽しい話をすればよかったね」

苦笑しながら、小夜も箸をおいた。

芳之介はたちあがった。これ以上長居はしないほうがいいような気がしたからだ。

「帰るの？　だれにも見とがめられないよう気をつけるのよ。ほんとにいい思い出をありがとう。ここをでたそのときから、あなたは小夜という女がいたことなんか忘れてしまうのよ。いいわね」

芳之介を裏庭に送りだすと、小夜は障子をしめた。

遠ざかる足音が、しばらく耳のおくに聞こえていた。

内側からくさびをさしこんで、障子がそとから開かないようにすると、芳之介がすわっていた座布団を部屋の隅に片づけ、土間におりた。

表にでて、食べ残しをどぶに捨てると、台所にもどり、食器をきれいに洗って笊《ざる》に伏せた。

表の板戸に心張り棒をかませる。

これで外から人が出入りできない状況になった。

あと、しなければならないことが、たったひとつのこっている。

小夜は湯呑茶碗に水をくんでくると、粉にした鳥兜の根をひといきに飲みこんだ。

遺書を枕元において、座布団のうえに身を横たえた。

こうして小夜は、最後のひとときがやってくるのを、安らかな気持ちで待った。

四

雨宮雪之介の不幸は、その朝、いつになくはやく目がさめたことであった。

夏絵は気持ちよさそうに寝息をたてている。

起こさないように気をつけて部屋をでると、雪之介は宿のおもてにたった。

澄んだ朝の空気が、身体からいっきょに眠気をぬぐい去っていくようだった。

今日は伊豆山神社へお詣《まい》りする予定になっている。五つ半（午前九時）になれば、金次夫婦がやってくる。それまでにまだ二刻（四時間）ほどあった。

ちょっと海のほうまで歩いてみるか。そう思ったのが運の尽きだった。

熱海の町から相模湾にむけて、いくつかの川が流れ込んでいる。そのひとつに糸川《いとかわ》がある。

その川沿いを歩いていて、ひょっこり馬淵孝太郎《まぶちこうたろう》とでくわしてしまった。

「おはようございます」

雪之介に気づいて、馬淵は元気よく挨拶をした。

「こんなにはやく、どちらへ？」

つい雪之介は聞いてしまった。

「そのさきの見崎町《みさきちょう》で女が死んだと報せを受けましてね。どうやらみずから命を絶ったようなんですが」

話の内容とは裏腹に、馬淵はしごくのんびりと言った。

よくまあ、いろいろ起こることだと、雪之介はうんざりしたが、しょせんよそごとであった。

だが、無関心はそこまでだった。

つぎの馬淵のひとことが、伊豆山への予定を水泡にしてしまった。

「死んだのは、伊勢という小料理屋の女中で、小夜という女です」

聞いた瞬間、船遊びに同行してくれた、あの底抜けに明るい女のことが、雪之介の頭にうかんだ。

(まさかあの女が?)

人違いだろうと思った。

むきあっているだけで、相手の心を解きほぐしてくれそうなあの娘が、こともあろうに自害などするはずがない。

「ほんとうに、伊勢につとめる小夜という人ですか」

信じられない気持ちで念をおした。

「そうですが、なにか……?」

「伊勢にはほかにも、小夜という人はいませんか」

「いないはずですが……雨宮さんは小夜をご存じなんですか」

「ええ、まあ……」

「これからでかけるところです。なんでしたらいっしょにこられますか」

「お願いしましょう」

思わず雪之介は答えていた。

すこし行って、なにがおかしいのか馬淵はくすりと笑った。

「どうしました?」

「これまで殺しだの自害などというできごとがめったに起きなかった熱海に、雨宮さんがこられたとたん、それが相次いでるでしょう。まるでいやなできごとを背負ってやってこられたような気がしましてね」

「静養にくるのに、そんなものを持ってくるもの好きはいませんよ」

雪之介も思わず苦笑したが、馬淵の言うこともあながちはずれていない、そんな気もした。

小夜の家はさほど遠くなかった。山裾の草原《くさはら》のなかに、雑木林を背にその家はあった。

「小夜はここに親父とふたりで住んでいたのですが、三月《みつき》ほどまえにその親父が亡くなりました。もしかしたら、たったひとりの肉親を失った寂しさから、死をえらんだのかもしれませんね」

さきにきていた手先が二人、馬淵を見かけてこちらにやってきた。

「表戸も裏障子も、窓もすべて外からは開けられないようになっていました。だから開けるのに苦労しましたよ。なんとか裏庭の障子のくさびをはずすことができましてね」

手先のひとりが言った。

「外から出入りできなかったとなると、まず自害は動かないようだな」

「書きおきも残っていますし」

手先に案内されて馬淵は家に入った。

雪之介もあとにつづいた。

せまい板間のさきに六畳ほどの部屋がある。小夜はそこに寝かされていた。

雪之介は馬淵をおしのけるようにして、死んだ女の顔をのぞきこんだ。

とたん胸が詰まって息苦しくなった。

まちがいない、船遊びに同行してくれたあの女、小夜と名乗った女だった。

覚悟のうえの死らしい。静かな死に顔がそれを語っている。

(死とはいちばん縁遠いところにいたはずの女が、なぜみずから死をえらんだのだろう)

雪之介の頭は混乱してきた。

「鳥兜を飲んだようですね」

もうひとりの手先が窓辺の鉢植えをさすと、

「根を乾かせて粉にしたんでしょう。飲むときにこぼれたらしい。ほら、畳のうえに粉が散っています」

「様子がおかしいと言ってきたのは、近所のお園という女らしいな」

「そうです。今朝はやく、朝採れの野菜をとどけにきたところが、表戸があかない。いつもあけっ放しなのにおかしいと、それで……」

「書きおきはどこだ?」

「これです。枕元においてありました」

一枚の紙切れを手渡した。

ひととおり目をとおすと馬淵は、

「やはり自害に間違いないようですね」

と、遺書を雪之介に手渡した。

読んでみた。

お父さんに死なれて、生きていくはりあいをなくしました。甲斐がないので、鳥兜を飲んで死にます。

そんな内容が走り書きされていた。

「出入り口はすべて閉められて、だれも外から入れなかった。そのうえ毒が用意され、遺書が遺されていた。自害をうたがうものはなにもない」

馬淵は断定するように言った。

「待ってください。この遺書、ちょっとおかしくありませんか。父が亡くなったから死ぬのだと書いてある。馬淵さんの話だと、お父さんが死んだのは三月《みつき》まえということでしたね。どうしてもっと早く死のうとしなかったのでしょう」

雪之介は疑問を口にした。

「生きるか死ぬかを決めかねて、今日までかかったのじゃないのですか」

「私は昨日、小夜さんと逢っているのです。そのときの彼女のどこからも、死を覚悟した人間の翳《かげ》のようなものを感じなかった」

「すると雨宮さんは、これは殺しだと？」

「そこまで言いきる自信はありません。しかし、みじんも死ぬ気配を見せなかった人が死んだ。殺されたとみるのが自然ではないでしょうか」

「じゃあ、戸口はすべて内側から閉められていたことはどう説明されますか？　下手《げ》《しゅ》人《にん》はどこから入ったのでしょう」

「それなんですが、ほらここ、心張り棒が板戸を押さえるあたりに切り込みがある。棒の端がそこに食い込んでしっかり支えるように、そうしてあるのだと思います」

そこで雪之介は戸口に身をよせると、心張り棒をはずし、人がひとり出入りできる隙間をつくると、心張り棒を板戸にもたせかけた。

「まあ、見ていてください」

そう言うと雪之介は、身を横にして戸の隙間から外にでてから、パタリと板戸をしめた。

カタリと心張り棒の落ちる音をたしかめて、雪之介は戸をひいてみた。開かなかった。

「どうです。心張り棒が切り込みに食い込んでいませんか」

板戸が内側から開き、馬淵がおどろいた表情をのぞかせた。

「おっしゃるとおりです。戸を閉めたとき、心張り棒が滑って切り込みに食い込みました」

「つまり、なにものかが小夜さんに毒を飲ませたあと、このようにして逃げ去ったのです」

「すると書きおきはどうなるんです？　中味はともかく、あれはまさしく小夜の字だと思うのですが」

「小夜さんが書いたのでしょう。しかし馬淵どの、下手人が脅して書かせたのかもしれません」

「鳥兜はどうなります？　死ぬために、小夜が用意しておいたものにちがいない」

「下手人が持ってきて、いかにも以前からそこにあったように、窓際においていくこともできますよ」

「どんなことがらにも、表と裏がありますからね。むりして殺しにこじつけようとすれば、できない相談ではない」

受け身にたたされて、馬淵はひらきなおった。

「私はなにがなんでも殺しだと言ってるのではありません。自害と見せかけた殺しの線も、捨てられないと言ってるのです。そのへんをもうすこしたしかめてみましょうか。ちょっと部屋を拝見しますよ」

雪之介は雪駄をぬいで、座敷にあがった。

まず目についたのは、畳に落ちている花の穂であった。

目を庭先にやると、菊や萩に隠れるように犬蓼が赤い穂を垂れている。

「馬淵さん、この畳に落ちている犬蓼の花穂ですが、この裏庭を通ってきた者の着物にくっついて、ここに落ちたのじゃないでしょうか」

「小夜の着物にくっついたものが、落ちたともかんがえられますよ」

「それもそうですが」

雪之介はさからわず、部屋のなかをゆっくりと見てまわった。

押入のまえに座布団が一枚おかれてあった。もう一枚は、死んだ小夜が背中のしたに敷いている。

押入をあけてみた。なかにあと三枚、座布団が積んである。

「この押入のまえにおかれた座布団ですが、昨夜、客があったことを物語っていると思いませんか」

「訪ねてくる予定があって用意したが、けっきょく客はこなかった。そうかんがえることもできますね」

雪之介は台所におりた。

「さっきから気になっていたのですが、笊《ざる》に洗った皿や小鉢が入れられてある。ひとりが食べたにしては、数がおおすぎるとは思いませんか」

「何日かためておいたのを、まとめて洗ったんじゃないのですか」

馬淵は頑固だった。

「見てください」

雪之介は笊から皿や鉢をとりだすと、流しの台にならべた。

「小皿が四枚、大皿が二枚、小鉢に茶碗とお椀《わん》がそれぞれ二客と、対《つい》になっている。これらは夕べ客があって、小夜さんがその客といっしょに食事をしたことを証明しているのと思うのですが」

さすがの馬淵も返事に窮《きゅう》して、

「なるほど、客があったのはたしかなようですね」

認めざるを得なくなった。

「小夜さんの死が自害だったとしませんか。人にもよるでしょうが、死を覚悟したものは、身ぎれいにしてから死のうとするものです。事実小夜さんはきちんと衣装をととのえているし、部屋もかたづいている。そういう人なら、どうして座布団を押入にしまわず、そとにおいたんでしょう。食器も棚にかたづけず、笊に伏せたままにしたのでしょう。それは小夜さんではないだれかがしたことだから、そうなってしまったのだと、私は思うのですが」

雪之介が言うと、馬淵は気の毒なほどしおれた顔になった。

そこへ手先のひとりが、小太りの女を連れてやってきた。

「この女、異変を報せてくれたお園ですが、なにか旦那のお耳にいれたいことがあるんだそうです」

馬淵の耳もとで、声をひそめて告げた。

「話したいって、どういうことですか」

馬淵が無愛想に聞いた。

「じつは昨夜、小夜ちゃんがお裾分けの魚を持ってきてくれたのです。六つ（午後六時）頃でした。そのとき小夜ちゃんはよそいき姿でしてね。どこかへでかけるのだと思いましたが、あれ、あの人の死装束《しにしょうぞく》だったんですね、きっと……」

「で、話とはなんなんです？」

どうでもいいようなお園の話に、馬淵はいらいらしてきた。

「さっき小夜ちゃんの亡骸《なきがら》にお参りさせてもらったんですが、おかしなことに、櫛と簪、それから帯留めがなくなっているのです。夕方きたときはきちんと身につけていたのですが」

その言葉を聞きとがめたのは雪之介だった。

「櫛に簪、それに帯留めがなくなっているというのですか」

急《せ》きこむようにして聞いた。

「はい」

「思いちがいではないでしょうね」

「それはありません。小夜ちゃんが一張羅《いっちょうら》の着物姿だったので、つい念入りに見ましたからね」

さっそく馬淵は手先や小者に命じて、なくなった櫛や簪のたぐいをさがさせたが、どこからも見つからなかった。

「客が持ち去ったのでしょうか」

馬淵は納得のいかない顔をした。

「そう思うしかないようですね」

「それにしてもなんの必要があって、櫛や簪を……？」

「ここに残しては具合が悪かったのでしょう。すると相手は男ですよ。おそらく櫛や簪、帯留めはその男が買ってやったものでしょう。それを残して、自分と小夜さんとのかかわりが知られてはまずい。だから持ち去ったのです」

「するとその男が小夜を殺した？」

「その疑いは捨てきれません。とにかくまずは、小夜さんとかかわりのあった男をさがしだすことですね」

五

富士見屋は大騒ぎになっていた。

雨宮雪之介のすがたが見えないと、夏絵が心配しているところへ、支度をととのえた金次夫婦がやってきて、騒ぎに火がついた。

宿からも人をだして行方《ゆくえ》をさがしてくれたが、見つからない。

金次も熱海の町を走りまわったが、まったくの無駄足だった。

一同がさがしあぐねているところへ、ひょっこり雪之介がもどってきた。

「旦那、いってえどこへ行っちまってたんです？」

金次が噛みついた。

「心配しましたのよ」

夏絵はむしろほっとした表情になった。

「心配をさせてもうしわけありません。はやく目が覚めて、海のちかくまで散歩にでかけたのですが、ひょっこり馬淵どのに出逢いましてね」

「またあの役人ですか？　まさか、また殺しにまきこまれたってことはねえでしょうね」

「そのまさかなんだ。女がひとり、毒を飲んで死んだ。そう聞いて馬淵どのについていったんだ」

「止してくださいよ。なにもかも忘れて、あと三日、旅を楽しもうと言った尻から……」

「そうもいかなくなった」

「死んだ女のことなんか、あのべらぼう役人に任せておけばいいんです」

「その女が伊勢の女中の小夜だと聞いて、放っておけなくなったんだ」

「あの、小夜さんが死んだのですか？」

おどろきの声をあげたのは夏絵だった。

「そうなんです」

「あの底抜けに明るかった娘さんが自害を？　信じられません！」

「まったくだ。あの人が自分から命を絶つなんて……」

金次も言葉を失った。

「それで、私がお節介にも首を突っこんだいきさつは、お分かりいただけましたか」

雪之介は夏絵をふりかえった。

「それは放っておけません。で、小夜さんはほんとうに自分から命を絶たれたのですか」

「殺された見込みも、捨てきれません」

「で、雪之介さまは、これからどうなさるおつもりですか」

「自害かあるいは殺しか、そのへんを調べてみたいと思っています」

「そうしてあげてください。もし殺されたのなら許せません。小夜さんも浮かばれないし、私たちも寝覚めが悪うございます」

「だから今日の伊豆山神社行きは、ごいっしょできなくなりました」

「いいのです。事情が事情です。伊豆山行きはなしにしましょう。ね、かまわないでしょう？」

金次とお幸《さち》に同意を求めた。二人は黙ってうなずいている。

「それは困ります。私のせいで、せっかくの予定が中止になっては、辛い思いをするのは私です。ここは私抜きで、三人だけで出かけてくれませんか。そのほうが気が楽ですから」

「そうですか……そうかも知れませんね。雪之介さまに心おきなく下手人探しをしてもらうのに、私たちはでかけたほうがよさそうです。そうしましょう」

夏絵のひとことで話はきまった。

夏絵と金次夫婦は予定どおり伊豆山神社にでかけ、雪之介は残って小夜の事件を調べることになった。

三人を見送って、雪之介はさてこれからどうしたものかと思った。

馬淵はいま、小夜とかかわりのあった男を探している。なにか分かればすぐ報せてくることになっていた。

それを待ってから、雪之介は動こうと思っている。

狭い町のことだ。小夜の男はさほど苦労せずに見つけだせるだろう。

雪之介はたかをくくっていたが、どうもそう都合よくことは運ばなかった。

午の刻（正午）を過ぎて間もなく、馬淵がうかぬ顔で富士見屋にやってきた。

「簡単に見つかると思ったんですがね、どうも小夜の相手というのがうかんでこない。すこしねらいを変えて探索はつづけますが、もしかして小夜に、そういう男はいなかったのかもしれません」

言いたいことだけ言って、馬淵は帰っていった。

雪之介は宿に頼んで茶漬けを用意してもらい、それをかきこむと町にでた。

馬淵たちには任せておけない気持ちだった。

むかったのは小料理屋伊勢である。

すでに馬淵たちは、ここでの聞き込みをすませているはずだった。

彼らになにか見落としはないか、それをすくいあげるつもりだった。

伊勢の女将《おかみ》は人のよさそうな中年女だった。まるまるとした顔に、あるかないかの細い目がついている。それが笑うと得もいえぬ可愛い顔になった。

「このたびは小夜が、とんでもないことをしでかしまして」

雪之介がなにか言うまえに、女将は神妙な顔で頭をさげた。

「ご愁傷《しゅうしょう》さまです」

雪之介はまずお悔やみを言い、それから小夜に男はいなかったかと聞いた。

「馬淵さまにも聞かれましたが、小夜には男っ気《け》はまったくありませんでした」

「この店の客で、小夜さんに熱をあげていたとか、そういうのはいませんでしたか」

「あの娘《こ》は人当たりがいいので、男の客には人気者でした。でも、とくべつ親しくしていたものがいたかというと、そういう人はいなかったような……」

「幼なじみとか、男友達とかはどうですか」

「それはいたでしょう。でも、友達を越えたつきあいはなかったと思います。小夜は病気がちの父親をかかえていましたからね。ここの仕事がおわると、怖いもののようにまっすぐ家に帰っていました。遊ぶ暇などなかったようです」

なるほど、小夜に男の気配はないようだ。

おそらくここまで聞いて、馬淵は引きさがったのだろう。

しかし、雪之介は質問をすすめた。

「小夜さんの父親は三月ほどまえに亡くなったそうですね。父親を亡くしたあとなら、彼女は自由にふるまえた」

「でも、父親に死なれたことは、小夜にはかなりの痛手だったようで、店にでるようになってからも、人が変わったように元気がなくて……」

「船遊びのときは、底抜けに明るい人だと感じましたが」

「芯《しん》の強いところがあるし、仕事となると熱心な娘《こ》でしたからね。無理していたのでしょう」

「なるほど、私たちから見えないところに、小夜さんは悲しみをかくしていたということですか」

「人間というのは、複雑なものですから」

女将は悟《さと》った言い方をした。

雪之介は湯呑みを取りあげて、温《ぬる》くなったお茶をすすった。

「女将はいま、父親を亡くしたあと、小夜さんは人が変わったように元気がなくなったとおっしゃいましたね」

「はい」

「元気がなくなったのは、父親を亡くしたせいだけでしょうか」

「私はそう思いましたが」

「小夜さんのお父さんは、病気がちだったと言いましたね」

「仕事で梯子《はしご》から落ちて、それがきっかけのように、あちこち具合が悪くなったようでした」

「こういう言い方はよくありませんが、父親が長生きできないのではないかという覚悟は、小夜さんの心のどこかにはできていたはずですね。するとおなじ悲しみも、すこしは痛手が軽くすむ」

「それはそうでしょうね」

「人が変わるほど元気がなくなったのは、ほかにも心痛が重なることがあった……からではないでしょうか」

「そうおっしゃられると……病気がちの父親をかかえながらも、小夜には、気持ちがぴんと張りつめたところがありました。端《はた》で見ていても健気《けなげ》なほど……いまから思うと、それがなくなったような……」

「つまり人が変わって見えたのは、父親を失ったのとおなじころに、心の支えになるものを失った。そうはかんがえられませんか」

「そういうことがあったかもしれませんね」

「下司《げす》の勘ぐりと笑わないでください。もしも小夜さんに男がいたとしたらどうでしょう」

「その人とうまくいかなくなって、それで元気がなくなったと……？」

「私はそう見ているのですが」

雪之介の頭で、思案がひとつにまとまりかけている。

小夜には、人に知られずつきあっていた男がいた。その存在が彼女の心の支えになっていた。

ところが父親に死なれたのとほぼおなじ時期に、男とのあいだがおかしくなった。

事情は分からない。

男のほうから別れ話を持ちだしたのかもしれない。

小夜はなんとか仲を繕《つくろ》おうとしたが、かなわなかった。

男に去られて、傷心の小夜は世をはかなんだ。

すると彼女はみずから死をえらんだことになる。

しかし、もし小夜が男との別れを承知しなかったとしたらどうだろう。

男は小夜の存在がわずらわしくなった。そこで邪魔者を消そうとした。

殺しの動機が生まれてくる。

小夜を殺し、男は櫛や簪、帯留めを持ち去った。それらは男が小夜に贈ったものなのだろう。

それを持ち去ることで、小夜とのかかわりをすべて消し去ろうとした。

自害なのか殺しなのか、いまのところ決め手はないが、小夜に男がいたと見てまずまちがいないと雪之介は思った。

小夜はその男と、人目をはばかるようにして逢っていた。だから、だれも男がいたことに気づいていない。

その小夜だが、病気がちの父親をかかえて職場と家を往復していた。

するとその男と、どこで知り合ったのだろう。

外で知り合う機会はない。だとすれば落ちつくさきはひとつ、男が伊勢の客だった場合だ。

「女将、かなり以前のことかと思うのですが、小夜さんに熱をあげていた客はいませんでしたか」

いつのころかは分からない。いずれにしてもかなり以前、小夜に熱をあげていた客がいた。

そしてひそかに小夜との逢瀬がはじまった。

事情があって、ふたりは人目を避けて逢わなければならなかった。

「以前にですか」

女将はかなりながいあいだ思案していたが、

「そういえばひとり思いつく人がいます。藤屋という呉服屋の一人息子の芳之介さんという人です。もう二年にもなるでしょうか。ここにきて小夜のことが忘れられなくなったらしく、そのあとしばしば店にきては、小夜を名指しで呼んでいました」

「それはどれくらいつづきました？」

「二か月ほどでしょうか。とつぜん糸が切れたように顔を見せなくなって、それっきりで……」

「頻繁に通っていたのが、ぱったり顔を見せなくなった。おかしな話ですね」

「気になって、小夜に事情を聞いたように思います。たしか小夜は、ちょっと揉《も》めて、それで切れたと言ってました」

揉めごとがあったというのは口実で、ふたりの仲はつづいていたのではないか。雪之介は思った。

「その芳之介さんというのは、どういうふうな人でしょうか」

「大店《おおだな》の一人息子で、甘やかされて育てられたのか、気の弱そうな人でしたよ。そうそう、その芳之介さんでしたら、小間物商房屋のお嬢さんと、まもなく祝言を挙げられるそうです」

「その祝言の話、いつごろ持ちあがったかご存じありませんか」

「三月ほどまえだったようですよ。房屋さんに品物を卸している問屋さんの番頭さんから聞きました」

「三月まえ？」

ちょうど小夜の父親がなくなったころと、時期が合う。
芳之介に縁談の話が持ちあがり、小夜は捨てられた。
彼女の落ち込みには、父親の死より、男との別れが大きく働いていたのだろう。
(小夜の相手の男は、藤屋の芳之介と見てまちがいないようだ)
雪之介は確信を持った。
こうなると芳之介に逢わなければいけない。
しかし、よそものの雪之介が、直接のりこんでいくわけにもいくまい。
といって馬淵に任せたのでは、どんな手落ちがあるか分からない。
好人物ではあるが、どうも馬淵には脇の甘さがある。
(さて、どうしたものか)
雪之介は打つ手を思案した。

六

夕方、馬淵孝太郎がぼんやりとした顔で、富士見屋にやってきた。
「困ったことです。小夜にそれらしい男の影が見えてきません」

腕をこまぬいた。

「困ったことですね。で、このさきどうされるおつもりです？」

雨宮雪之介はちょっと意地の悪い聞き方をした。

「どうするつもりかと聞かれてもですな……」

「今日一日聞きこみにまわって、なにひとつ手がかりらしいものがつかめなかったのですか」

意地の悪い口調に輪がかかった。

「残念ながら……ただ、かかわりがあるのかどうか分からないのですが、例のお園という女が、小夜の親父さんが死んで十日ほどした頃に、見慣れない男が小夜の家のちかくをうろついているのを見たというのです。いっこうに立ち去る気配がないので、お園のやつ、男に声をかけたそうです。男はあわてて、ちょっと道に迷って、とかなんとかごまかして帰っていった。こんな話、役にもたちませんね」

「待ってください。するとお園さんは男の顔を見ているんですね」

「なかなかいい男だったとか言ってましたね」

馬淵はこともなげに言った。

雪之介は腕組みをしてかんがえ込んだ。

三月ほどまえに、芳之介には縁談話が持ちあがっている。

芳之介としてはそのことを小夜に伝え、仲を清算しなければならなかった。

お園が見た男は芳之介ではないだろうか。

彼は小夜に別れを言うためにやってきたものの、思いきりがつかず、うろうろしているところをお園に見とがめられたのだ。

「馬淵どの、お願いがあります」

「なんでしょう？」

「これからお園さんをつれて、藤屋まで行ってくれませんか」

「藤屋へ？」

「あの店の跡取りは芳之介というそうです。さりげなく、彼の顔をお園さんに見てもらってほしいのです。三月まえに見かけた男かどうか」

「芳之介がどうかしたのですか」

「くわしいことは、お園さんの返事を聞いてから話しますよ」

納得のいかない顔で、馬淵は富士見屋をでていったが、一刻（二時間）と経たずにもどってきた。

「三月まえ、小夜の家の近くで見かけた男は、藤屋の芳之介にまちがいないそうです。

お園が太鼓判をおしました」

「やっぱりそうでしたか」

そこで雪之介は、自分の思案を馬淵に語って聞かせた。

「どうやら小夜と芳之介は、人目を避けてつきあっていたようです。ところが芳之介に祝言の話が持ちあがり、小夜と別れなければならなくなった。その別れ話がもつれたとしたら、芳之介に小夜を殺す理由がでてくるわけです」

「なるほどね。それにしてもたった一日で、そこまで突きとめられたなんて、さすがに江戸の同心はちがう」

馬淵は感嘆の声をあげたが、すぐに態度をあらためると、

「しかし、夕べ、芳之介は小夜の家には行ってませんよ」

おどろくべき言葉を口にした。

「どうしてそう言い切れるのです」

「芳之介には小四郎《こしろう》という幼なじみがいます。『春日《かすが》』という薬種問屋《やくしゅどんや》の跡取りでしてね。二人はふだんから仲がいい。夕べ芳之介は小四郎の家に遊びにいって、そのまま泊まったというのです」

「待ってください。その話、芳之介から直《じか》に聞いたのですか」

雪之介は思わず聞きかえした。

どうしてそんな話を馬淵は知っているのだろう。わけが分からなくなってきた。

するとと馬淵はこともなげに、

「私が直に聞いたんじゃありません。芳之介が店のものに話しているのを、手先のひとりが聞きこんできたんです」

「芳之介はその話を、自分から店のものにしたというのですか」

「そのようです。それも一人や二人ではない。手先の耳に入るくらいですから、店のものはほとんど知っているんじゃないでしょうか」

おかしな話だった。

ふつう、聞かれもしないのに、自分から夕べの挙動を店のものに話したりするものだろうか。

それを話したということは、あとで小夜とのことで疑惑がでてきたときのために、布石《ふせき》を打ったとしか思えない。

「馬淵どの、さっそく芳之介と逢ってみる必要がありそうですね。なにか口実をつくって、私もその場に同席させてもらえませんか」

雪之介がたのむと、ものごとをふかくかんがえない馬淵は、気持ちよく承知した。

馬淵が帰るのと入れちがうように、伊豆山神社詣でにでかけていた夏絵たちがもどってきた。

「おかげさまで、楽しい思いをしてまいりました」

夏絵が言い、

「ほんとに命の洗濯をさせていただきました。雨宮さまに留守番をさせて、ほんとに罰があたります」

お幸が恐縮した。

金次だけが浮かない顔をしている。

「どうした？　金次は楽しくなかったのか」

雪之介が聞くと、

「旦那に仕事をさせ、あっしだけが遊んでて、楽しいはずがねえでしょう。明日からは旦那の仕事を手伝わせてもらいますよ」

「ちょいと待った。明日は七湯巡りの予定だろう。金次がついててやらなきゃ、夏絵どのもお幸さんも困るだろう」

「そのへんに手抜かりはありません。ちゃんと案内人を頼んでおきましたから」

金次は胸をたたいて、意味ありげに笑った。

翌朝、富士見屋のあるじ吾兵衛が部屋に顔を見せた。

「ご用意ができたら、いつでも声をかけてください。すぐでかけられるように準備はすませましたから」

夏絵に言った。

その夏絵は、

「無理を言ってもうしわけございません。よろしくお願いします」

ていねいに頭をさげる。

「お任せください。熱海七湯といえば、自分の家の庭みたいなものですから」

言いおくと、吾兵衛は部屋をでていった。

金次が言った今日の案内人とは、富士見屋のあるじだったらしい。

吾兵衛に案内されて、夏絵とお幸がでかけていくのを宿屋の表で見送っていると、

馬淵がむこうからぶらぶらやってきた。

「すこし早すぎますかね」

物見遊山《ものみゆさん》にでも行くような口ぶりである。

「すぐにでかけましょう。ものを買いに行くのではないから、店が閉まっていてもさしつかえないでしょう」

　雪之介は金次になにか耳打ちすると、馬淵とならんで通りにむかった。

　藤屋は初川《はつかわ》沿いの道を、海のほうにすこしくだったところにあった。

　すでに店の表戸はあいていて、丁稚《でっち》らしい小僧がふたり、玄関先を掃いている。

　馬淵が店のものに声をかけると、番頭があらわれ、雪之介と馬淵は奥の座敷にとおされた。

　いかにも金のかかった豪奢《ごうしゃ》なつくりの客間である。調度品にも贅《ぜい》が凝《こ》らされていた。

　ふたりが座布団に腰を落ちつける間もなく、芳之介はすがたを見せた。

　馬淵は雪之介のことを、小田原から熱海へ見習いにきた新任の役人だと紹介した。

　年格好からいっても、とうてい雪之介が新任の見習い役人には見えない。もうちょっと上手な口実はなかったのかと雪之介は心配したが、芳之介はとくべつ不審を持った様子もなく、

「で、私に聞きたいことってなんでしょうか」

「あなた、伊勢という小料理屋をよく使っていたそうだね」

　切りだしたのは馬淵である。

「よくというほどではありませんが、昔、使ったことはあります」

「そこで女中をしていた小夜という女を知ってるだろう」

「小夜ですか。さあ、いたかもしれないが、よく覚えてません」

「その小夜が、おととい の晩に死んだ。そのことは聞いているか」

「聞いてるわけないでしょう。私にはかかわりのない女ですから」

芳之介は惚《とぼ》けた。

雪之介がよこからやんわりと口をはさんだ。

「いまから三月ほどまえ、あなた、小夜さんの家を訪ねませんでしたか」

「そんな覚えはありません」

否定した声がすこしだけ震えた。

「正直に言ってくれなきゃ困るな」

馬淵は厳しい顔になった。

「正直に答えてます」

「じつは近所に住む人が、小夜の家をうかがっていたあんたを見かけている。昨日、こっそりその人に面通しさせたが、まちがいないと言っているんだ」

「他人の空似じゃないんですか」

「知らないと言いはるんだな。だったらあんたを見たという人と、相対《あいたい》で話し合ってもらおうか。その人、あんたが着ていた着物の柄から、帯の色まで覚えてると言ってるぞ」

芳之介は顔色を蒼《あお》くして、黙りこんでしまった。

「どうだね？」

もう逃げられないと思ったのか、芳之介は弱々しい声で、

「小夜のこと、知らないと言いましたが、じつはよく知ってます。ただ、彼女が毒を飲んで死んだと聞いたもんで、へんにかかわりを持っては厄介だと思い、知らないと言いました。すみません」

「よく知っているとは、どの程度ですか」

聞いたのは雪之介だった。

「伊勢で知り合って、そのあと、年に二度か三度、伊豆山や姫の沢あたりへ遊びにでかけたことがあります」

「小夜さんが毒を飲んだこと、どうして知ったのです？　馬淵どのは死んだとだけ言われただけで、毒を飲んだとは言われなかったが」

「いや、それは……私の耳に入れてくれた人が、たしか毒を飲んだと……」

「三月ほどまえ、小夜さんの家の近くをうろついていた男というのは、あなただったんですね？」

「私です。ただ、そのとき一度行っただけですが」

隠しきれないと思ったのか、芳之介は素直になった。

「なんの用事で行ったのですか」

「お父さんを亡くしたと聞いて、慰めてやろうかと……」

「なるほど。ところであなた、そのとき小夜さんの家の庭で、犬蓼の花をごらんになりませんでしたか。私は昨日、赤く色づいた犬蓼の花を庭で見かけたのですが」

「そういえば、赤《あか》のまんまが咲いてましたね。よく覚えてます」

「そうですか。ごらんになりましたか」

そこで雪之介はあとを馬淵に任せ、自分はすこし身を引いた。

「おとといの晩、小夜のところには行かなかったか？」

「行ってません。おとといでしたら、友達の小四郎の家に遊びに行って、帰りが遅くなったので、むこうに泊めてもらいました」

芳之介の口調に自信がもどってきた。

「そうか、行ってないか」

「私は、小夜は自害したと聞いたんですが、そうじゃなかったんですか」

「小夜が死ぬ直前に、あの家を訪ねたものがいたようなんだ」

「どうして、そこまで分かるんですか」

「まず座敷に、赤のまんまの花穂が落ちていた。客が裏庭を通ってやってきた証拠だ。通り抜けたとき花穂が客の着物についたんだ。それから座布団が押入にしまわず、部屋の隅におかれてあった。まだある。食べおわった皿や鉢は洗って笊に入れてあったが、ひとりで使ったにしてはおおすぎる。それに皿や鉢はちょうど対になっていて、客があったことを物語っているんだ」

馬淵は昨日雪之介が言ったことを、自分の意見にして言った。

「おかしな話ですね。いま聞いていて思ったんですが、どうしてそれが客があった証拠になるのです。座布団は昼間にきた客にだしたのかもしれないし、赤のまんまだって、小夜さんが自分の着物につけてきたとかんがえてもおかしくない。皿や鉢だって、一日二日のぶんをまとめて洗ったのかもしれないでしょう」

芳之介は反論した。あんがい知恵のある男のようだった。

そこで馬淵は、雪之介との打ち合わせどおり、質問をうちきって立ちあがると、

「いそがしいところを邪魔したな。またなにかあったら聞かせてもらうかもしれないが、そのときはよろしくたのむ」

雪之介もあとにつづいて立ちあがると、

「そうそう、いまの話ですが、来客があったらしいという証拠は、ほかにもあるのです。近所に住むお園さんという人の証言ですが、小夜さんが身につけていたはずの櫛に簪、帯留めがなくなっている。夕方、小夜さんに逢ったときは、ちゃんと身につけていたそうです。おかしな話でしょう。すると答えはひとつ。客が持ち去った。それしかないのです」

芳之介の唇がこまかく震えだした。

その動揺を見ないふりで、雪之介は馬淵をうながして藤屋をあとにした。

七

富士見屋にもどった雨宮雪之介を、金次が待ち受けていた。

「早いじゃないか。もうかたづいたのか」

雪之介が聞くと、

「ちょろいもんでした。もうちょっと手こずるかと思ったんですがね。こっちの身分を明かしただけで、むこうはちぢみあがりましてね。あとはすらすら……ああいう手合いに口裏合わせを頼んだのは、芳之介の失敗でしたね」

ちょっと得意そうに金次は答えた。

「芳之介が泊まったというのは、嘘だったんだな」

「口裏合わせを頼まれてことわれなかったと小四郎は白状しました。あ、それから、鳥兜の出どころも分かりましたよ」

「お手柄だ」

「春日という薬種問屋は、大きな薬草園を持ってましてね。そこで採れた薬草を江戸や上方《かみがた》に卸しているそうです。薬草園なら鳥兜は植わってるだろうと思いましてね、それで小四郎をしめあげると、鳥兜を引き抜いて鉢植えにし、芳之介に渡したことを認めました」

「いつごろの話だ？」

「二月ばかりまえのことだそうです」

「これで小夜殺しの下手人が芳之介であることは、ほぼたしかだな」

「しかし、やつが殺したってことを、どうやって証拠だてますか」

「蒔《ま》いた種が芽をだすのを待てばいいのさ。それもさきの話じゃない。おそらく今夜……」

そこまで言って、雪之介はひとことふたこと金次に耳打ちした。

そのあと雪之介はごろりと畳に寝転がると、日が暮れるのを待った。事件の筋書きはすっかり読めている。

うとうとしていると、夏絵がもどってきた。

「湯を堪能させていただきました。身体がふやけてしまいそうです」

海の見える窓際にすわると、胸元に風をいれながら夏絵は言う。

「熱海もあと一日ですね」

口ぶりに寂しさがにじんだ。

のんびりするつもりできた熱海だが、着いてすぐからの事件つづきである。

おかげで退屈こそしなかったが、これではなぜ苦労して熱海くんだりまできたのか分からない。

しかも出発までに、小夜のことは片づけておかなければならないのだ。

大丈夫とは思うが、はたして雪之介の思うように、芳之介が動いてくれるだろうか。一抹《いちまつ》の不安はある。

けっきょく熱海でのほとんどを、雪之介は事件の解決に使い果たしたわけだ。

生まれつき身についた貧乏性なのかもしれない。馬淵は、雪之介がいやなできごとを背負ってきたと言ったが、あんがい当たっているかもしれない。

「でも、雪之介さまのおかげで、私は心おきなく熱海の旅を楽しませていただきました」

夏絵は笑顔をこちらにむけた。

雪之介の心はきりりと痛んだ。

「雪之介さまのおかげ」の言葉の裏に、雪之介一人に苦労をさせて、自分だけが旅を楽しんだことへの詫びの気持ちが隠れている。

どうやら事件にまきこまれたことで、夏絵も存分に旅を楽しめなかったのだろう。

そう思うと雪之介は夏絵にたいして、もうしわけなさと同時に、言いしれぬいじらしさを感じるのだった。

夜もかなり更けて、襖《ふすま》のそとから金次の声がした。

「旦那、もうおやすみですか」

雪之介も夏絵も布団のなかにいた。

さすがにくたびれたのか、夏絵は布団に入ってすぐに寝息を立てはじめた。

いっぽう雪之介は、いつでも行動できる心準備で待っていた。

夏絵を起こさないように気をくばりながら、襖のそとにでた。

「動いたか？」

「動きました。見崎町からすこしくだったところに、山蔵寺《さんぞうじ》という寺があります。店のものが寝静まるのを待って家をでた芳之介は、その寺の裏山になにか埋めました。やつが消えるのを待って、掘り起こしてみると、布切れにくるんだ櫛に簪、帯留めがでてきました。見つけたものはそのままもとのところに埋めかえしておきましたが」

「これで芳之介は、もう言い逃れられまい」

「はやく事件を片づけて、残りの一日、せめて気持ちだけでも旅気分を味わいましょう」

「そうだな。せっかく熱海まできたのだからな」

雪之介は言い、金次は帰っていった。

翌朝、雪之介は馬淵孝太郎を誘うと、藤屋に芳之介を訪ねた。

「まだなにかご不審でも？」

二日つづいての役人の訪問に、芳之介は顔をくもらせた。

「正直な話を聞きたいと思いましてね」

今日は雪之介が質問のおもてに立った。

「正直に申しあげたはずですが」

「そうでしょうか。昨日あなた、小夜さんの家へ行ったのは、一度きりだと言いまし

でしょう。鳥兜の鉢植えを持って」

「それは三月ばかりまえだった。ところがその翌月にも、あなた小夜さんを訪ねたでしょう。鳥兜の鉢植えを持って」

多少の覚悟はできていたようで、芳之介は落ちついていた。

「ああ、あのことですか。小夜が欲しがったので、小四郎にむりを言ってもらってやったのです。昨日そのことを言わなかったのは、へんに怪しまれるのが嫌だったからです」

「小夜さんは、どうして鳥兜を欲しがったんでしょうね」

「それは分かりません。葉の形が好きなんだと、そんなことを言ってましたが、ほんとうかどうか知りません」

「すると三か月まえとその翌月と、あなた、二度小夜さんの家を訪ねたわけですね。つまり七月と八月です」

「そうです」

「ところであなた、小夜さんの裏庭に赤のまんまの花が咲いてたのを見たと言いましたね。七月や八月なら、まだあの花は咲いていないはずなのですがね」

思いがけない奇襲に芳之介は顔色を変えた。

「つまり犬蓼の花の咲くころに、あなたはもういちど、小夜さんを訪ねたことになります。それがおとといの夜だったのではないのですか」

「赤のまんまの花を引っかけにつかうなんて、お役人って、あんがい汚いやり方をするのですね」

「そうでしょうか。もし花を見ていなかったら、だれだって見なかったと答えますよ。私が見なかったかと聞いたとき、あなたは見たと言った。つまり犬蓼の花が咲いているときに小夜さんを訪ねたことを、あなたはみずから白状したのです」

「………」

「あなたがその花を見たのは、小夜さんが死んだ夜のことですね」

「とんでもない。小夜が死んだ日、私は小四郎のところにいましたよ」

芳之介は思い切り悪く言い逃れようとした。

「そのあなたの友達ですが、頼まれて、ことわれずに嘘の証言をしたと白状しましたよ」

「違う！　だれがなんと言おうと、私は小四郎の家にいた！　きっと無理ずくで小四郎に嘘を言わせたんだ！」

「芳之介さん、小夜さんが死んだ夜、あなたがあの家にいたという証拠があるんですよ」

「そんな証拠、あるなら見せてほしいものですね」

「じゃあ、ちょっとでかけましょうか」

「いったいどこへですか？」

「この近くに山蔵寺という寺があるそうですね。その裏山に、夕べあなたが埋めたものを掘り返しに行こうというのです」

とたんに芳之介はがっくりと肩を落とした。張っていた虚勢がいっきょに崩れ落ちたようだった。

「そこには小夜さんの持ち物だった、櫛、簪、帯留めが埋められている。違いますか」

「…………」

「小夜さんが死んだ日、あなたはあの家に行った。衣服に赤のまんまの花穂をつけ、座布団にすわり、小夜さんと二人で夕餉をとった。すべてあなたが仕組んだことだったのでしょう」

「ちがう！」

芳之介の声がひきつった。

「私は小夜に呼ばれて行ったんです」

「小夜さんの家に行ったことは認めるんですね？」

「行った。行きましたよ。最後のひとときを二人で過ごしたいと言われてね」

「最後のひととき？　聞きずてなりませんね」

「おかしな意味じゃない。私が房屋の娘と祝言を挙げることになって、小夜とは別れる約束ができていました。それで別れの最後のひとときをいっしょに過ごしたいと、小夜の方から……」

「そうでしょうか。誘ったのはあなただったのではないのですか」

「小夜から文《ふみ》で呼びだしがあったんです」

「その文は、いまどこに」

「焼き捨てましたよ。人に見られては困りますからね」

「そんなもの、はじめからなかったんじゃないのですか。いいですか、あなたは縁談をすすめるために、小夜さんに別れ話を持ちだした。だが、小夜さんはうなずいてはくれない。そこであなたは思った。こうなると小夜さんを消すしかないと……」

「ちがう！　私は殺していない！」

「お茶か食べ物に、用意してきた鳥兜の毒を混ぜたのでしょう。鉢植えの鳥兜は、いかにも小夜さんがそれを飲んだように見せかけるため、あなたはまえもって、小夜さんのところに運んでおいた」

「ちがう……」

芳之介は激しく首をふったが、言葉は弱々しかった。

「小夜さんはすぐに苦しみだした。息が絶えるのを待って、あなたは座布団を押入のまえにおき、皿や鉢をきれいに洗って笊に伏せ、小夜さんの身から櫛、簪、帯留めを抜き取った。それらはきっとあなたが小夜さんに買ってやったものだ。そこから足がついてはと恐れて持ち去ったんでしょう。しかも無理強いで遺書まで書かせた。死んだ父のあとを追いますと、すぐに嘘と分かる口実を書いたのは、せめてもの小夜さんの反抗だったのかもしれない」

「私は……殺していない……」

「そのあとあなたは、窓や障子をそとからは開けられないようにし、表戸は、心張り棒が板戸の切り込みに食い込むように細工して、外に抜けだした。こうしておけば、だれも小夜さんは自分から命を絶ったと思う。見事なもんです」

「ちがう。みんなでたらめだ」

「どうちがうんです？　ちがうところを説明ねがえますか」

「私は小夜を殺してはいません。来いといわれたから行ったのです。櫛、簪、帯留めは、小夜が自分ではずして私に渡したのです。人に見つからないように処分しろと……それを処分すれば、二人のかかわりを示すものはなにもなくなると……」

芳之介は泣くように訴えた。

雪之介は思わず芳之介の顔を見つめかえした。哀願する彼の顔に、ふっと隠れた真実が見えた気がしたからだった。

（なにか、どこかがちがう）

はげしく自信がぐらつきだすのを、雪之介はすくむような思いのなかで感じた。

「小夜は可愛い女でした。別れるときめてからは、私に迷惑がかからないようにと、そのことばかりかんがえてくれていました。小夜は本気で私の幸せを思い、そのためにみずから命を絶ったのです」

雪之介はもう聞いていなかった。頭のなかが渦をまいて、なにもかんがえられなくなっていた。

「勝手ないいわけをするんじゃない」

馬淵が横合いから、たまりかねて口をはさんだ。

「ほんとうです！」

「とにかくいっしょに番所まできてもらおうか」

芳之介を引き立てようとした。

「私は小夜を殺していません。ほんとうです！」

芳之介は抵抗を見せた。

「往生際の悪い男だな。泣きごとは番所で聞いてやる」

馬淵は吐き捨てるように言うと、芳之介の手に容赦なく縄をかけた。

八

雨宮雪之介は目が覚めてからも、布団の中でぐずぐずしていた。

どうも気持ちがすっきりしないのだ。

小夜殺しの下手人が芳之介だと突きとめたものの、なにかどこかで、

(食いちがっている)

と、いう気がしてならない。

雪之介をそういう気持ちにさせたのは、必死で自分の無実を言いたてるときに見せ

た、芳之介の表情である。

(どうもあの表情に嘘はない)

ように思えてならないのだ。

ところがいくらかんがえても、どこがどう食いちがっているのか、そこが分からない。

雪之介の頭には雲がかかったままである。

昨夜遅く、馬淵孝太郎が富士見屋にやってきた。芳之介は泣きながらも、小夜殺しを否認しつづけているという。

「見かけによらずしぶといやつです。なあに、一日二日のうちに落としてみせます」

そう言って帰ったが、それから雪之介の心のもやもやが激しくなっている。

雪之介は芳之介のことを、虚勢を張ることはあっても、芯は気の弱い男だと見ていた。

そういう男なら、嘘が崩れたとたん、いっきょに本心を語りはじめるものだ。

その男が小夜殺しを否認しつづけている。

それも小夜が死んだ晩に、彼女の家を訪ねたことを認めながら、殺したことだけは認めようとしていないのだ。

(あの男、ほんとうに小夜を殺していないのではないか)

思ったとき、雪之介の胸をきりりと突き刺したものがある。

小夜が命を絶つ日の朝、雪之介は船遊びの船で彼女と逢っている。

そのときの小夜の態度から、心に死をきめた女の覚悟も気配も感じなかった。

死ぬはずのない女が死んだ。

(そこに自分の思いこみがあった)

つまり死ぬはずがないという雪之介の思いが予断となって、相手を見る目を曇らせていたのではないか。

すると突然に、雪之介の脳裏《のうり》に父菊左右衛門《きくざえもん》がよく口にしていた言葉がうかんできた。

「人間というのは厄介なものでな。二つも三つもちがった顔を持ってる。わしは仏と夜叉《やしゃ》の顔を背中合わせに持っている連中を、嫌というほど見てきた。どうも人間をひとつの顔で判断するのは、まちがいのもとらしいな」

そのときは何気なく聞き流した言葉である。

それがいま、ある重さを持って雪之介の心に落ちてきた。

(死ぬはずがないと見えた小夜の挙措《きょそ》、あれは彼女の演技だったのではないか)

すると思い出されるのは、伊勢の女将の話である。

女将は小夜のことを、「芯の強い女」だと言い、明るく見えたのは「無理をしていたのだろう」とも言った。

しかも「人間というのは、複雑なものです」とまで教えてくれている。

（どうしてもっと早く、それに気づかなかったのだろう）

雪之介は迂闊《うかつ》な自分に腹が立ってきた。

船遊びの船中で見せた小夜の明るさは、作りものだったのだ。あのときすでに彼女は死ぬ覚悟を決めていた。

小夜は本気で芳之介のことを愛していたのだろう。彼に裏切られたとき、小夜は死をかんがえた。

おそらくそれは、裏切られたことへの悔しさではあるまい。死ぬことで小夜は、自分の愛をつらぬこうとしたのではなかったか。

そうかんがえるのが、小夜にはいちばん似合いそうな気が、雪之介にはした。

あの夜、小夜は生きた最後の夜を、芳之介とともに過ごしたいと思い、家に呼びつけた。

呼びつけて彼女は、なにをしようと思ったのか。

想像である。

小夜は芳之介とのあいだに遺された、愛のしるしをすべて葬り去ろうとしたのだろう。

だが、しるしと呼べるものは、わずか櫛と簪、帯留めだけしかなかった。

そのときに小夜が感じたであろう寂しさは、なんとなく伝わってくるようだ。

櫛や簪のたぐい、あれは芳之介が持ち去ったのではなく、小夜が手渡したのだ。

それればかりではない。芳之介に疑いが及ばないように遺書まで書いた。

人生最期の食事をおえて芳之介を送りだし、そのあと、小夜は毒を飲んだ。

小夜の願いは、自分が死ぬことで、芳之介への愛を完成させることにあったと思われる。

座布団のことも、洗って笊に伏せた皿や鉢のことも、鳥兜の鉢植えも、そこから芳之介の罪をひきだしたことすべてが、雪之介のこじつけだったようだ。

芳之介は招かれて小夜の家に行ったと自白している。

座布団も、洗った皿や鉢がそこにあってもおかしくはない。鳥兜は小夜が欲しがったと芳之介は言ったが、死ぬ覚悟を決めた小夜が、鳥兜を所望《しょもう》しても、これもまたおかしくはない。

雪之介は布団に飛び起きた。

もうすこしで罪のない男を、刑場《けいじょう》に送ってしまうところだった。

腹のそこから黒々とした後悔が湧いてきた。

「やっとお目覚めですか」

夏絵が気づいて声をかけた。

「ちょっとでかけてきます」

馬淵のところへ行くつもりだった。

彼に事情をよく説明して、芳之介を解き放つよう手配してもらわなければならない。

すくなくとも永遠に癒《いや》されることのない後悔を、熱海の町に遺していくことだけは避けねばならないのだ。

「いったいどうなされたのです？　顔色が普通ではありませんわ」

「私はもうすこしで、おおきなしくじりをするところでした」

そこにすわりこむと、雪之介はたったいま思案したことを、夏絵に話して聞かせた。

話さずにはいられない心境だった。

「馬淵どのは最初から、小夜さんは自害したのだとかんがえていた。そこへ私が横からいらざるくちばしをいれた。悔やんでも悔やみきれません。もうすこしで私は、罪のない人間を罪におとしいれるところでした」

血を吐くように雪之介は言った。

しばらく夏絵は無言でいた。

口をしっかり閉じたまま、目だけを窓ごしに光る海へとむけている。

「とにかく馬淵どのに逢って、お詫びを言ってきます」

立ちあがろうとするのを、

「お待ちください」

夏絵がとめた。

「なにか？」

「馬淵さまのところへ行かれるまえに、夏絵のかんがえを聞いていただけませんか」

「聞かせてください」

雪之介は立ちかけていた膝《ひざ》を折った。

「雪之介さまの話を聞いて、私はいくつか疑問を感じました。そのひとつが櫛や簪を、小夜さんが芳之介さんに手渡したということです。おそらくそのとおりなんでしょう。でも、昔のかかわりを消したいと思ったのなら、どうして小夜さんは自分の手でしまつしなかったのでしょう。芳之介さんに渡せば、悪くすれば芳之介さんの命取りになるとはかんがえなかったのでしょうか。たったいちどだけ逢った人ですが、私が小夜さんから受けた感じは、そんな迂闊さに気づかない人ではなかったように思うのです」

そこまで夏絵は一気にしゃべった。

圧倒されるように雪之介は聞いていた。

「まだあります。死ぬまえ、小夜さんはお園さんという人のところへ、魚のお裾分けに出向いたそうですね」

「そう聞いてます」

「そのとき小夜さんはよそいきの姿だった。それはきっと小夜さんの死装束だったのでしょう。そこでおかしいと思うのは、お裾分けの魚をとどけるのに、どうして小夜さんは死装束ででかけたのでしょう。ふつうにかんがえれば、すませることをさきにすませてから、死装束に着替えるものでしょう。もっとおかしいのは、死のうとしている人間が、わざわざお園さんのところへ魚のお裾分けに行ったことです。そこに小夜さんなりのもくろみがあったと思うのは、私の思い込みでしょうか」

「つまり死装束でお園さんのところへ行ったことに、小夜さんなりの計算が働いていたとおっしゃりたいんですね」

「もしかして、櫛、簪、帯留めを見てもらいたかったのかもしれません」

　雪之介はいきなり頭をなぐり飛ばされた気がした。

「お園さんにそれを見せておいて、あとでそれらがなくなっていることを証言させようとした？　すると疑いは芳之介にむく」

「私にはそうとしか思えません」

「すると小夜さんは、芳之介とのことを清算して、ひとり静かに死のうとしたのではなかったのですね」

「小夜さんがひとり静かに死のうとした。そのことにはまちがいはないと思います。でも、死ぬまぎわになって、小夜さんの気持ちにすこし変化がおきた。自分を裏切った芳之介さんへの憎しみです。だから静かに身を引くときめながら、同時に芳之介さんへ疑いがむくように仕掛けた。座布団を押入にしまわなかったのも、洗った皿や鉢をそのままにしておいたのも、読めばすぐ嘘と分かる遺書を遺したのも、みんなそのためでしょう。鳥兜の鉢を窓辺に残したことに、私はひじょうに強い芳之介さんへの憎しみを感じます。調べられればすぐに出どころは分かってしまうじゃありませんか。小夜さんが本気で、芳之介さんをかばおうと思っていたら、鳥兜も櫛や簪といっしょに、自分の手でどこかに処分したはずなんです」

参ったと思った。

夏絵のいうとおりだろう。自分の女房ながらその聡明さに頭がさがる。

本来なら自分が気づくべきところを、夏絵に指摘された。

（いい嫁をもらった）

と、喜ぶべきかどうかで雪之介は迷った。

その思いはちょっと辛いようで、どこかに甘さを感じさせる辛さであった。

「小夜さんは、自分と芳之介のことをきちんと清算しようと思いつつ、心の隅にひそんでいた憎悪に負け、ひそかに疑いが芳之介にむくように仕組んだ。そういうことですか」

「そうではないかと思います。ただ、なにがなんでも、芳之介さんに疑いがむくようにしたのではなく、運よく機転のきく役人が気づいてくれればと……そのていどの企みだったのかもしれません」

「いずれにしても、芳之介は小夜さんを殺していない、さっそく馬淵どののところに出向いて、そのへんをよく説明し、芳之介の釈放をお願いしてきましょう」

立ちあがりかけて、雪之介は父菊左右衛門が口にした言葉を思い出した。

人間がいくつもの違った顔を持っているというあの言葉から、雪之介は小夜の演技には気づいたが、もうひとつその奥に隠された、彼女の心の鬼までは気づかなかった。

（まだまだ甘いな）

臍《ほぞ》を嚙む思いだった。

今日は金次夫婦といっしょに、買い残した土産物の調達に行く予定になっている。

それを夏絵に託して宿をでると、雪之介は番屋へとむかった。

話を聞いて馬淵は困った顔を見せた。

「だから私は最初から、小夜の死は自害だと申しあげたのです」

咎《とが》めるような口ぶりになった。

「それを私がよけいな口出しをしたばかりに、とんでもないことになってしまった。しかも大まわりして、もとのところにもどったのですから、いくらお詫びをしてもしたりないくらいです」

雪之介があまりにも殊勝《しゅしょう》なので、馬淵もそれ以上は言えなくなった。

「まあ私だって自害の裏に、小夜のもくろみがあろうなんてかんがえもしませんでしたから、えらそうなことは言えませんが」

「芳之介は小夜を殺していない。それははっきりしました。急いで解き放つ手続きをとっていただけますか」

「まあやってはみますが」

「お願いします。このままにして、私は江戸に帰れません」

雪之介は何度も頭をさげた。

幸い、芳之介はまだ取り調べ中の身だったので、その日のうちに釈放は決まったようだった。


明くる朝、雪之介たち一行は熱海を発った。

くるときもそうだったが、今日も申し分なく空は晴れあがっている。

熱海道からはさえぎるものがなく相模灘《なだ》が見渡せ、くっきりとうかぶ初島も見えた。

雪之介は気持ちよさそうに、海から吹きあげてくる風を腹いっぱいに吸い込んだ。

「今度の旅のうちで、今日の雪之介さまがいちばん晴れやかに見えます」

夏絵はそんな雪之介を見返りながら言った。

「そうでしょうか」

「くるときはちょっとお疲れのようでしたし、熱海にいるあいだはずっと仕事の顔でしたから」

「仕事の顔ですか。うまいことを言いますね。でも、今度の旅では、私なりに、ずいぶん楽しませてもらいましたが」

とたんに横から金次が不服面をつきだした。

「よく言いますね。熱海にいるあいだいやなできごとばかりに追いまわされて……あっしなんかとうとう湯治気分になれませんでした」

「そうだったか。じゃあ暇を見つけてまたくるようにしよう」

「ごめんです。旦那といっしょじゃろくなことはねえ。今度くるなら夏絵さんとふたりだけでお願いします」

「それは困る。金次がきてくれなきゃ、その荷物、おれが持たねばならない」

「そうなりゃ、ちっとはあっしのありがたさが分かるでしょう。とにかく旦那には、年寄りをいたわるって気持ちが、これっぽっちもねえんだから」

「することがなくなって惚《ぼ》けられても困るからな。金次にできる仕事をさがしてやってるんだ。ありがたく思え」

雪之介と金次は、そんなら ちもないことを言いあいながら、秋日和《あきびより》の熱海道を歩いていく。

その背中を見ながら夏絵は、

「金次さんを見ていると、私とよりもずっと、雪之介さまと気持ちが通じ合っているみたいで、ちょっと羨《うらや》ましくなってきます」

夏絵は苦笑でお幸をふりかえった。

「雪之介さまが子供のころからのおつきあいですからね。ああなってあたりまえです」

お幸はそう答えると、すこしあらたまった顔になって、

「夫婦があのようになるには、そんなにはかかりませんよ。私なんか、亭主のかんがえが分かるのに、三月とはかかりませんでした」

「たった三月ですか」

「ええ、男なんて単純なものですから」

聞いた夏絵も、言ったお幸も、いっしょになって笑い声をあげた。

その笑い声におどろいて、雪之介と金次は思わず足を止めてふりかえる。

その様子がまたおかしくて、夏絵とお幸はしばらく笑い止まなかった。

蜻蛉《せいれい》の墓

一

熱海《あたみ》からもどって挨拶《あいさつ》にやってきた雨宮雪之介《あまみやゆきのすけ》に、与力前島兵助《まえじまひょうすけ》がまず言ったのは、

「おまえが留守だと江戸はじつに静かでいい。この半月、これというできごともおこらなかった。どうだ、ついでに箱根あたりまで出なおしては。それが江戸の人びとのためにもなる」

だった。

ながい留守に気を遣わせまいとする、兵助特有の言いまわしである。

「江戸が静かでなによりでした。それにくらべて熱海はずいぶん騒がしくて困りまし

た」

逗留中《とうりゅうちゅう》にかかわったできごとを話した。

「気をつけろ。どうもおまえには殺しという疫病神《やくびょうがみ》が憑《つ》いているようだ。あるいはのらくらが本物ののらくらにならないための、神さまの思し召しかもしれんが」

兵助はからからと笑ったが、すぐに笑いを収め、

「まさかその疫病神、江戸まで持って帰ってはこなかっただろうな」

真剣な顔になった。

その兵助の心配が、みごとに的中した。

まるで雪之介の帰りを待っていたように、殺しがおきたのである。

殺されたのは下谷御箪笥町《したやおたんすちょう》に住む、香具師《やし》の下野《しもつけ》の定五郎《さだごろう》であった。下野の呼び名は定五郎の生地からきている。

その日の朝、報せを持って金次《きんじ》がとびこんできた。

「馬淵《まぶち》は旦那《だんな》のことを、いやなできごとを持ってやってくると言ったそうですが、まさしく言い得て妙ですよ」

金次は報告をよそに、ひとり感心している。

「余計なことはいいから、どういう殺しなのか、さっさと話せ」

雪之介は旅の疲れがまだ残っていて、すこぶる機嫌が悪い。

夏絵《なつえ》が気をきかせて、下谷から駆けつけてきた金次のために、息継ぎの水を盆にのせてきた。

「ちょうだいします。やはり夏絵さんと旦那とでは、心配りのでき具合がちがう」

言いながら一気に水を飲み干した。

「ご託《たく》はいいから、はやく言え」

「香具師の定五郎が殺されました」

「定五郎が殺された？」

雪之介の目がきらりと光る。とたんに眠気はふっ飛んでいた。

定五郎なら知っている。

ある殺しに関して、取り調べたことがあった。

疑いは晴れなかったが、殺したという証拠がつかめず、不本意ながら解き放つことになった。

（あれでよかったのか？）

いまだ心に引っかかって、すっきりとしない事件である。

とにかく定五郎にかんして、いい印象は残っていない。

だから雪之介は、

「定五郎ならいつ殺されてもおかしくない男だが」

と、つい同心らしからぬ言葉を口にしてしまった。

「帯締《おび じ》めで絞め殺されたようです」

「帯締め？　また使いにくいもので絞めたもんだな」

帯締めは、帯がほどけないように使うもので、細くて固めの布地でつくられている。

さぞ首が絞めにくかっただろうと思ったのだ。

「ほかに手頃なのはなかったのかな。たとえば細引《ほそび》きとか」

「手近に帯締めしかなかったんでしょう」

「すると、下手人《げしゅにん》は女かな？」

雪之介は夏絵に手伝ってもらって、すばやく身支度をととのえた。

定五郎という男は、下谷坂本町《したやさかもとちょう》から下谷通新町《したやとおりしんまち》あたりまでを縄張りにする香具師である。

もともと彼は、浅草一帯をおさめる柳葉黒兵衛《やなぎばくろべえ》という香具師のところにいた。

それが四年まえ、縄張りの一部をもらい受けてひとり立ちしたのである。

坂本町から通新町あたりには、感応寺《かんのうじ》や正覚寺《しょうかくじ》など名の知れた寺院がおおい。縄張りはせまいが、稼ぎはある。

本来香具師とは、祭礼や縁日など人が集まるところに、見世物をだしたり、露天で品物を売ったりする連中のことを言った。

そのうち香具師仲間のなかでも頭格《かしらかく》が、自分たちの稼ぎの庭場《にわば》……つまり縄張りを仕切るようになり、場割《ばわ》りをして店をださせ、そこから場所代を名目に金銭を取りたてるようになった。

それもすこしでも稼ぎをおおくしたいと、ついついあくどいことに手をひろげるようになる。

定五郎はそんななかでも、あくどさでは名うての香具師だった。

「死体を最初に見つけたのはだれなんだ？」

雪之介は新《あたら》シ橋《ばし》を渡りながら、金次に問いかけた。

「乾分《こぶん》のひとりで銀平《ぎんぺい》という男です。今朝はやく、定五郎の死体を見つけて大騒ぎになった」

「銀平なら、定五郎が身のまわりの世話をさせている男だな」

雪之介は銀平のことも覚えていた。

間違ってこの道に踏みこんだのだろう。いかにも気が弱そうで、とても香具師の世界で通用しそうにない男だった。

「定五郎には女房がいたな」

「へえ。お滝《たき》という女ですが、昨日から巣鴨《すがも》の実家へ母親の病気見舞いに帰っていて、あっしが御簞笥町をのぞいたときは、まだ帰っていませんでした」

上野山内の東寄りの道をぬけると、御簞笥町はすぐだった。定五郎の住居は世尊寺《せそんじ》の土塀に面したところにあった。

八畳の奥の間の長火鉢のまえで、定五郎は首に帯締めを巻きつけた格好で事切れていた。

となりの間には、三十半ばの瘦《や》せて顔色の悪い女がうなだれている。これが女房のお滝だった。亭主の死を知らされて、あわてて巣鴨からもどってきたらしい。

ほかに乾分《こぶん》らしいのが十人ばかり、いずれも困惑を隠せずにすわっている。ほとんどの顔に雪之介は覚えがあった。

そのなかに銀平の顔もある。

雪之介はそんな顔をひとわたり見わたしてから、奥座敷に入ると死体をまえにかがんだ。

帯締めの跡が首の皮膚にくいこんでいる。よほどつよい力で一気に絞めたらしい。死体に抵抗のあとが見られなかった。

(下手人は男だな)

雪之介は判断した。女の力ではこうはいかない。

死体の検分をおわると、雪之介はとなりの間にもどり、お滝のまえにすわった。

定五郎が女房を迎えたことは聞き知っているが、お滝を見るのはこれがはじめてである。

香具師の女房だというから、もうすこし鉄火《てっか》な女かと思ったが、お滝はこういう世界には似つかわしくない、そのへんのどこにでもいそうな特徴のない女だった。

「定五郎が殺されたとき、あなたは巣鴨の実家に帰って留守だったそうですね」

「はい。母が具合を悪くしたと聞いたので、その見舞いに……二、三日むこうにいるつもりだったんですが、今朝報せをうけて、あわててもどってきました」

「実家に帰ることは、まえからきまっていたのですか」

こう聞いたのには理由がある。

「おととい、うちの人がぜひ見舞ってやれと言ってくれましたので……」

雪之介はうなずくと、奥座敷の長火鉢のまえにもどった。

長火鉢には焼秋刀魚《やきさんま》と秋茄子《あきなす》の田楽《でんがく》が小皿にのせておかれてある。銅壺《どうこ》には徳利が一本浸かったままになっていて、畳には盃《さかずき》がふたつ転がっていた。

「客を相手に酒肴《しゅこう》を楽しんでいるところを、襲われたらしいな。それも客は女だ」

雪之介は金次の耳もとで言った。

「客は女ですか？」

「見てみろ。座布団がふたつならんで、長火鉢のむこうがわにおかれている。ふつうの客なら、座布団はこちら側と向こう側とにおかれるはずだろう」

「なるほど、女と身体を寄せ合って差しつ差されつのお楽しみのさなかに、定五郎は殺されたってわけですか」

「おととい定五郎はお滝に、母親を見舞ってやれと言ったそうだ。つまり女房が留守になるように仕組んで、女を引きずり込んだんだろうな」

「すべて勘定ずくですか。するってえと、いっしょに酒を飲んでいた女が定五郎を殺した？」

「それは違うな。首を絞めた紐《ひも》が首の肉にくいこんでいる。女の力ではああはならないだろう。ただ、女は下手人を見ているかもしれない」

「じゃあ、まずその女をさがすことですね」

「そのまえに、となりの部屋にいる粂造《くめぞう》を、ちょいとここに呼んでくれないか」

金次は立っていくと、熊のようにいかつい顔つきの男をつれてもどってきた。

粂造は乾分のなかの古株である。

まえに定五郎を調べたときにも、この男からはいろいろと話を聞いた。

「お呼びで？」

粂造は落ちつかない顔色で、雪之介を見あげた。

「さっそくだが、定五郎が親しくしていた女に心当たりはないかね」

粂造は答えなかった。

となりの間にいるお滝に気を遣っているのかもしれない。顔のいかつさに似合わず、そういう気遣いのできる男だった。

「どうもこの場の様子から見て、定五郎には女の客があって、飲んでいるところを不意におそわれたらしいんだ。もしかするとその女、下手人を見ているかもしれない。力をかしてくれるな」

「そうと分かりゃ嫌とは言えません。旦那、ちょっとお耳を」

粂造は雪之介の耳もとに口を寄せてきた。

「ちかごろ親分が親しくしていたのは、今戸町《いまどちょう》にある出合茶屋『川春《かわはる》』の女中で、お七《しち》という女です」

「よく聞かせてくれた」

そこで粂造をさがらせると、金次を呼んだ。

「ひとっ走り川春まで行ってくれるか。この時刻じゃ、まだお七は店にきていないだろう。大急ぎよびよせて、川春で待たせておいてくれ」

「ここにつれてこなくてもよろしいんで？」

「ここの聞きこみがおわったら、おれから川春に足をはこぶよ」

お滝の手前、まさかここで定五郎の浮気相手との面通しはできない。それを思っての指図だった。

二

金次が走り去るのを見送って、雨宮雪之介はお滝のところへもどった。

「殺しに使われた帯締めですが、あれはあなたの持ち物ですか」

「私のものです」

お滝はきっぱりと言った。

「あの帯締めですが、どこにしまってありましたか」

「ここです」

お滝はたっていくと、壁際におかれた箪笥の抽斗《ひきだし》のひとつをあけた。

「おとといに見たときは、ちゃんとここに入っていました」

なるほどそこには帯締めのほか、腰紐や帯揚《おびあ》げ、帯留《おびど》めや半襟《はんえり》などの小物がひとつに詰めこまれてあった。

「おとといここにあったことは、まちがいないでしょうね」

「はい、毎日あけしめするところですから、見落とすはずがありません」

「すると下手人は、ここから帯締めをとりだして、ご亭主の首を絞めたことになりますね」

「そうですね」

「帯締めは、抽斗のいちばんうえになっていましたか」

「いえ、したのほうに入れていました」

雪之介は納得のいかない気持ちになった。

抽斗にはほかにも腰紐や帯揚げが詰められてある。

もし、定五郎を絞め殺すなら、帯締めより、腰紐や帯揚げのほうがはるかにあつかいやすい。

しかも帯締めは、抽斗のしたになっていたという。

なぜ下手人は、簡単に手にできる腰紐や帯揚げではなく、わざわざしたのほうから帯締めを選んだのだろう。

分からない行動である。

雪之介が考え込んでいると、そばでお滝がなにか言いたげにもじもじしていた。

気がついて雪之介は、

「どうかしましたか？」

と、聞いた。

「べつにかかわりのないことかもしれないのですが……」

お滝が言いにくそうに言葉を口にのせた。

「どんな些細《ささい》なことでも、気になったことがあれば聞かせてください」

「一年半ほどまえからなんですが、ときどき簞笥からものがなくなるのです」

「ものがなくなる？」

「帯留めとか半襟とか、櫛《くし》や簪《かんざし》とか、ほとんどが身につけるものです」

「それはたびたびに起きましたか」

「そうでもないのです。二、三か月に一度とか、半年に一度とか、そのていどで……」

「一年半ほどまえからとおっしゃいましたね」

「ええ、私がここに嫁いできて、しばらくしてからでした」

ちょっと気になる話だった。

お滝からはなれると、雪之介は銀平のところにきて膝《ひざ》をついた。

「あんた、朝はやく死体を見つけたそうだが、いつもそんなに早いのかね」

「いえ、いつもはそうではありません。今朝は姐《あね》さんが留守だったので、かわって朝《あさ》飯《めし》の用意をしなきゃと……」

小心そうな目をぱちぱちさせながら、銀平は答えた。

あまり香具師という仕事には役に立ちそうにないが、人は使いようで、銀平は銭勘定や書類書き、定五郎の使い走りなどを器用にこなしているらしい。

「あんたがきたとき、おもての戸はしまってたかね」

「いえ、戸は半分ほどあいていました。おかしいと思ったんで、いつもならそのまま炊事場へいくのに、座敷にあがってみたんです。すると親分が……」

そこまで聞いて雪之介は腰をあげ、今戸町へとむかった。

通新町から山谷堀《さんやぼり》に沿ってくだると、隅田川べりに細長くならんだ町が今戸町だった。

川春ではすでにお七が待っていた。

化粧のない顔はくすんで見え、目のしたには隈《くま》が浮いている。ひと目で寝不足と分かる表情だった。

「あんたは夕べ、定五郎の家に行ったね」

雪之介が聞くと、お七は意外なほど素直にうなずいた。

「定五郎が殺されたとき、あんたはまだあの家にいたのかね」

「そうよ」

「すると下手人を見てはいないか」

「見てないわ」

お七はつよく首をふった。

「ずっと定五郎といっしょにいたんだろう」

「途中ご不浄《ふじよう》にたって、もどってくると定五郎親分が首を絞められて死んでた。私、怖くなって、あとも見ずに逃げ帰ったの」

「厠《かわや》に立ったわずかなあいだに起きた殺しなら、あんたがもどったとき、下手人はまだちかくにいたはずだ。あやしい気配とか人影とか、物音とかにも気づかなかったかね」

「そんなゆとりはなかったわよ。とにかくここにいたら私が疑われる。そう思って夢中で逃げだしたの」

「それが何刻頃《なんどき》のことか、覚えているか」

「五つ（午後八時）から五つ半（午後九時）のあいだだと思うんだけど」

その時刻にお七は厠にたった。そのわずかな隙《すき》に定五郎が殺害された。

すると、下手人はあらかじめ殺しの準備をし、家のどこかに身をひそめて様子をうかがっていたはずである。

企んだ殺しだとすると、分からないのは殺しに使った帯締めだった。

余裕があったのなら、どうしてもっと扱いやすいものを選ばなかったのだろう。

帯締めを使ったことからすれば、とっさに思いついた殺しでなければならない。とっさだから、手近にあった帯締めで間に合わせた。

「あなたがあの家にいたあいだに、だれか訪ねてきたものはいなかったかね」

「一刻（二時間）ほどお酒を酌みかわしてたけど、そのあいだ、だれもこなかった」

嘘を言ってるようには見えない。

はじめ雪之介はお七に疑いを持ったが、どうも違ったようだ。

するとこちらの気持ちを見透かしたように、お七が言った。

「もしお役人さんが私を疑ってるなら、とんだ見当違いよ。あの人、二言目には私におれの女房になれって……そこまで思ってくれてる人を、どうして殺したりするもんですか」

「女房になれったって、定五郎には奥さんがいるよ」

「あんな女はどうでもいい。私にあいつをこき使ってやれって言ったわ。とにかく一生あの女は飼い殺しにしてやるんだって」

「ひどい話だ」

「本妻にしてやるって話、定五郎親分がどのていど本気か知らないけど、私はまともに受け取っちゃいないわよ。こんな商売をやってて、男の甘い言葉を真に受けるようなウブな女はいやしない。ただ、むこうが女房にしてやると言うんでしょう。だからこっちも気のある素振りを見せなきゃ。いずれ別れ話になるのはきまりきってるからさ。そのとき女房にしてやるって言ったことで、手切れ金がふっかけられるでしょう」

お七は狡猾《こうかつ》な一面をのぞかせた。

雪之介は川春をあとにした。

いずれ手切れ金をふっかけるつもりでの定五郎とのつきあいなら、まさかお七が金《かね》蔓《づる》を手にかけはすまい。

最初の手がかりはこうして消えた。

定五郎の家にもどろうとする雪之介を、粂造が外で待ちうけていた。

「ちょっとお耳にいれておきたいことがありましてね」

意味ありげに声をひそめた。

「なんだね?」

「じつは夕べ、直次郎《なおじろう》を見かけたんです」

「直次郎を?」

「やつは旦那にずいぶん世話になったそうで、だから耳にいれておいたほうがいいだろうと……」

世話をしたというほどではないが、雪之介は多少直次郎とはかかわりがあった。

「聞かせてもらおう」

「夕べの四つ半(午後十一時)頃でした。あっしが飲み屋から家に帰ろうと、海禅寺《かいぜんじ》のあたりまできたときです。山伏町《やまぶしちょう》のほうからこちらにやってくる直次郎を見かけたんです。声をかけようと思ったが、ひどく深刻そうな様子に見えたので、やめました。もしかして、直次郎はここへきた帰りじゃないかと……そんな気がしたもんで」

四つ半なら、定五郎が殺されたと思われる時刻にちかい。

「直次郎はとっくに定五郎とは切れてたんだろう。ここにくるはずがないじゃないか」

「それが旦那、直次郎はちょくちょく親分を訪ねてきていたようですよ。あっしもなんどか見かけましたが」

「直次郎が定五郎のところに顔をだしていた？」

ほんとうだとすれば驚きだった。

とっくに切れているはずの定五郎のところへ、それも彼との悪縁を絶つために罪をかぶって島暮らしまでしてきた直次郎が、こともあろうに頻繁に出入りしていたという。

条造という男は定五郎の乾分ではあるが、人をおとしいれて喜ぶような男ではない。

直次郎が定五郎を訪ねていたというのは、ほんとうなのだろう。

雪之介の気持ちが暗くなった。

直次郎はいま品川の善福寺《ぜんぷくじ》門前で、小さな蕎麦屋《そばや》をやっている。品川宿の一郭《いっかく》ということもあって、けっこう流行《はや》っていた。

品川に店を持つ直次郎が、四つ半という遅い時刻に、浅草の海禅寺あたりを歩いていたというのは、ちょっと気になる話だった。

粂造は、定五郎を訪ねた帰りではないかという。

言葉の裏に、定五郎を殺《あや》めたのが直次郎ではないかという疑惑が隠れている。

たしかに疑われてもしかたない時刻の、直次郎の浅草行《あさくさこう》だった。

こうなると放ってはおけない。

(いちど直次郎に逢ってくる必要がある)

雪之介は思った。

三

雨宮雪之介がある事件にかかわって、定五郎を調べたことがある。むしろ調べた相手は直次郎であった。

事件がおきたのは、三年まえのことである。

定五郎が柳葉黒兵衛から下谷の縄張りをもらいうけ、独り立ちして間もなくのことであった。
黒兵衛の縄張りの目玉は浅草寺である。この寺ひとつで大商いができた。
つい目がそっちにむいて、下谷あたりは手薄になった。
これにつけこんだのが、茂太《しげた》という無法者だった。
出生は定かでない。ある神社の狛犬《こまいぬ》のまえに捨てられていた孤児だと自分で言い、
そこから狛犬の茂太と名乗っていた。
これが抜け目のない男で、黒兵衛の目がとどかないのをいいことに、坂本町から通
新町のあたりを自分の縄張りにしてしまった。
黒兵衛は話し合いで決着させようとしたが、そんな生やさしい相手ではない。
力ずくでとりもどそうともしたが、これもうまくいかなかった。
「おめえに下谷の縄張りをゆずってやろう」
持てあました黒兵衛が、厄介払いでもするように定五郎に言った。
定五郎は気持ちよくゆずりうけた。
そのときから事情を知るものならだれもが、定五郎と茂太の衝突は避けられないと
見ていた。
だが、その問題はあっけなくけりがついた。

匕首《あいくち》で背中から心ノ臓をひと突きにされた茂太の死体が、入谷田圃《いりやたんぼ》で見つかったのである。

定五郎のしわざとだれもが思った。

雪之介もそう見た。

ところが茂太が殺された時刻、定五郎は上野池之端《うえのいけのはた》の料理屋にいたのである。

(きっと裏がある)

雪之介が調べをすすめようとしていたやさきである。

茂太殺しを自首してきた男がいた。それが定五郎の乾分だった直次郎である。

「茂太を生かしておいたのでは、親分にとっていろいろわざわいの種になる。そう思って、おれひとりのかんがえで殺しました」

直次郎は神妙にそう述べた。

調べてみると、直次郎が下手人であることを示す証拠がいくつかでてきた。

匕首は直次郎の持ち物だったし、返り血を浴びた着物も見つかった。

直次郎の茂太殺しは疑うべくもなかった。

だが、雪之介は、

(はたして直次郎がひとりでやったことだろうか)

と、思った。

直次郎から話を聞きながら、雪之介は彼から、人としての誠実さみたいなものを感じ取ったのである。

心に汚れを持たない証拠に、彼の目は澄みきっていた。

（こういう目を持つものに悪人はいない）

経験からくる雪之介の人を見る目である。

いまひとつの疑惑の根拠は、直次郎のおちついた物腰であった。

（人をひとり殺めて、こうまで安らかな態度はとれないだろう）

そう思わせるほど、ものごとを悟りきったものだけが持つしずけさが、直次郎にはあった。

もし直次郎がやったとすれば、そこに止むに止まれぬ事情がかくれていそうだった。

（もしかすると、定五郎が命じて直次郎にやらせたのではないか）

茂太が死ぬことで、もっともおおきな利益をうけるのが定五郎である。

もし定五郎が命じてやらせたとしたら、それを受けいれた直次郎に、そうせざるを得ない事情があるはずだ。

ただ定五郎から命じられただけで、かるがるしく人を手にかける男とは思えない。

直次郎の取り調べはかんたんにすみ、小伝馬町《こでんまちょう》送りになった。

雪之介はあきらめなかった。

定五郎が殺しを唆《そそのか》した事実と、それを直次郎がうけいれた事情が判明すれば、すこしは彼の罪が軽くなるだろう。

そう思って走りまわった。

だが、ついにそれらしき事実をつかむことはできなかった。

そのうちに奉行所から、遠島五年のお裁きがでた。人を殺したにしては軽い量刑である。

殺された茂太の評判があまりにも悪かったことが、情状として働いたのかもしれなかった。

直次郎が島に送られる日、万年橋《まんねんばし》からでる船を、雪之介は柾木稲荷《まさきいなり》の桟橋《さんばし》からこっそりと見送った。

ほかにいくにんか見送りの人がいた。

その人中《ひとなか》に、かくれるようにしてたつ女が、雪之介の目にとまった。

上背のある美しい顔立ちの女だった。その顔に濃い憂いが染みついてのっている。

雪之介にはその女が、直次郎を見送りにきているように見えた。

（どうも直次郎の知りあいらしい）

女は目に涙を浮かべている。

知りあいだとすると、かなりふかいかかわりを持つもののようだった。

直次郎に関して雪之介はかなり調べたつもりだが、そのかぎりでは、この女のことは浮かんではこなかった。

雪之介は女のあとを尾《つ》けることにした。直次郎にとってどういう女なのか、それが知りたかった。

女は御船蔵《おふなぐら》を過ぎ、さらに大川沿いの道をさかのぼって、吾妻橋《あずまばし》を渡ると東仲町《ひがしなかちょう》の「若竹《わかたけ》」という小料理屋に入っていった。

彼女はこの店の女中、お磯《いそ》という女だった。

雪之介はお磯に逢った。

お磯は万年橋に行ったことは認めたが、直次郎を見送ったことは認めなかった。

「万年橋のちかくまで用事で出かけたので、物珍しさも手伝って、流人船《るにんぶね》とはどういうものか見ておこうと……せっかくのお訊《たず》ねですが、直次郎という人のことは知りません」

嘘であることはすぐに分かる。

物珍しさに船を見にきたものが、涙を流すはずがないのだ。

だが、雪之介はそれ以上聞かなかった。押せば入口をかたく閉ざしてしまう、貝のような頑《かたく》なさを持った女のように見えたからだった。

雪之介はこっそり、お磯と直次郎とのことを調べてみることにした。

まず思いつくのは、直次郎が若竹の客ではなかったかということである。

そこで若竹の勤め人をつかまえて聞いてみたが、直次郎とお磯とのかかわりは、なにひとつ聞きだすことはできなかった。

そこで見方を変えた。直次郎と彼女とのつきあいは、ごく内輪のものかもしれないと思ったのである。そこが雪之介のこれまでの調べの弱点になっていた。

お磯は鳥越橋《とりごえばし》を越えてすぐの、天王町《てんのうちょう》の長屋に住んでいた。ひとり暮らしのようだった。

この長屋に、ときどき男が訪ねてきていたことを、雪之介はつきとめた。聞いてみると、男の人相はいかにも直次郎に似ている。

さらに聞きこみをつづけ、雪之介はついに直次郎とお磯が、幼なじみだったことをつきとめた。

ともに日暮里《にっぽり》にある新堀村《しんぼりむら》の生まれだという。

そこまでつかんで、雪之介はお磯に逢った。

「あなたと直次郎さんとは、おなじ新堀村の出で、幼なじみだそうじゃないですか。どうして知らないなどと言ったんです？」

お磯の表情ははげしく揺れうごいたが、口は閉ざされたままだった。

「私は直次郎さんを取り調べた同心です。いまでもそうだが、あの人が人を殺めたとはとても思えない。殺めたとしたら、よほどさし迫った事情があったのでしょう。もしその事情を知ってるなら、教えてくれませんか」

やはりお磯は口をひらこうとはしなかった。

「もちろん聞いたからといって、すでに島送りになった人に、なにかしてあげられるわけではない。しかし、直次郎さんがよんどころない事情で人を手にかけたとしたら、彼の人としての値打ちを傷つけないためにも、そこははっきりさせておいた方がいいと思うが、どうでしょう」

お磯の態度に変化が見えた。

しばらくはまだ迷っているようだったが、やがて思いきったように口をひらいた。

「直次郎さんが茂太親分を殺したのは、私のためだったのです」

「あなたのため？」

「じつは半年ほどまえから、自分の女房になれと、定五郎親分からしつこく迫られていました。私、なんべんもおことわりしたのですが、定五郎親分は承知してくれなくて……年が明ければ祝言を挙げる。そこまで勝手に話がすすめられていたのです。じつをいうと私と直次郎さんとは先を誓いあった仲で、直次郎さんも心穏やかでなかったと思います。そんなときでした。茂太親分が殺されたと聞いたのは……いくら聞いても直次郎さんは話してくれなかったけれど、あれはまちがいなく私を定五郎親分から引き離すために……」

「もしかしたら直次郎さんは、茂太を殺めることで、あなたから手を引くように、定五郎と取り引きをしたのかもしれませんね。あるいは持ちかけたのは、定五郎だったかもしれないが」

「もし、そのことを知っていたら、私、身をもってとめたのですが……」

お磯はそこまで言うと、いっきょに悲しみがこみあげてきたようで、袂《たもと》に顔をかくすと、すすり泣きはじめた。

それで納得がいった。

直次郎とお磯とが恋仲だと知って、定五郎はふたりを引き裂こうとしたのではないだろうか。だとすれば子供じみた嫌がらせである。

あるいはお磯に手をだすことで、そうさせまいと焦る直次郎を、意のままにできるとの読みが、定五郎にはあったのかもしれない。

直次郎は自分ひとりのかんがえで人殺しをする人間ではない。雪之介はそう見ている。

けっきょく直次郎が言いだしたのか、定五郎がそそのかしたのか、そのへんは分からないが、ふたりのあいだに約束が成立した。

直次郎は茂太を殺し、定五郎はお磯から手を引いた。

(それほど直次郎は、お磯のことをつよく思っていたのだ)

愛する女を救うために、あえて罪人となることも厭《いと》わなかった男の真情に、雪之介は胸が痛むのを感じた。

「でも私のせいで直次郎さんを罪人にしてしまったと思うと、苦しくて……」

お磯は涙にぬれた顔をあげて言った。

奉行所にもどると、雪之介は情状をもって罪の軽減をお願いすると、くわしい経緯《いきさつ》を記した嘆願の書を書きあげた。

お裁きがきまり、すでに島送りになっている男に、減刑が行われようとは思えない。

しかし、じっとしていられない気持ちで、雪之介はそれを書きあげたのだった。

雪之介の願いがつうじたのかどうかは分からない。

直次郎は五年の刑の満了を待たず、二年で江戸にもどってきた。刑に服する態度がよかったこともある。

直次郎が江戸にもどってくるという日、雪之介はお磯にそのことを知らせたが、自分は出迎えには行かなかった。

直次郎の釈放が決まったところで、彼とのかかわりは終わりにしようと思ったからである。

四

日本橋からはじまる東海道は、芝車町《しばくるまちよう》のあたりから海に沿って南にのびている。

左手にまぶしく光る袖ヶ浦《そでうら》を見ながら、雨宮雪之介は屈託ありげな様子を見せて歩いていた。

いつもなら袖ヶ浦も、そろそろ初冬の顔つきを見せはじめるころである。

だが、今年はいつまでも暖かい日がつづき、海も空もいまだに秋の顔を持ちつづけている。

海からは吹きあげてくる風もどこかやわらかだし、波間を行く船の影ものんびりして見える。

冬はまだどこか遠くで足踏みをしていた。

前方に御殿山《ごてんやま》が見えてきた。山のうえに薄い雲がかかっている。

雪之介は思わず足をとめた。風景を見るためではない。心の迷いが、知らず知らずに足をとめさせたのだった。

すぐそこに善福寺の屋根が見えている。その門前町の一郭に直次郎の店があった。

雪之介はそこを訪ねるつもりできたのだが、ちかづくにつれてしだいに気持ちが重くなってきた。

直次郎がそこに店をだすようになってから、雪之介はまだいちども訪ねていない。

同心が出入りすることで、うまくいきはじめている商売の邪魔になってはと、気を遣ったのだった。

島からもどった直次郎を、雪之介はあえて出迎えなかった。

罪の償いをおえて、あたらしいくらしへ一歩を踏みだそうとしている男に、同心の出迎えは迷惑だろうと思ったからだった。

一か月あまり経ったころである。

直次郎はお磯をつれて、雪之介のところへ挨拶にやってきた。

直次郎はまず、お磯と所帯を持つことになったと報告すると、

「お磯から聞きました。雨宮さまにはひとかたならぬご助力をいただいたそうで……もっとはやくお礼にうかがわなければいけないのに、いろいろつまらぬことに追われまして……」

そして、深川三軒町《ふかがわさんげんちょう》に小さいが蕎麦屋の店を持つことができましたと、目を輝かせて言った。

最初に逢ったときに、雪之介の胸を射たあの透きとおった目の色は変わっていなかった。

「そりゃあ、よかった。それにしても手まわしのいいことだな」

雪之介がねぎらうと、

「もどってもすぐ商売がはじめられるよう、きちんとお磯が手はずをととのえておいてくれましまして。おれは御輿《みこし》に乗るだけでよかったんです」

「あんたに蕎麦打ちができるなんて知らなかった」

「定五郎親分のところへくるまえに、しばらく蕎麦屋ではたらいていましたので」

「このさき、いろいろあるだろうが、まあがんばるんだな。それより定五郎とはきっ

ちり手が切れたのか」

いちばん気になっていたことを聞いた。

「島に送られるまえに話はつけてありましたので……」

直次郎は言った。

狛犬の茂太の死とひき替えに、直次郎は定五郎に、お磯から手を引くことと、自分が香具師の世界から足を洗うことを約束させていたらしかった。

そのあと、雪之介は気にはなりつつも、三軒町には足をむけようとしなかった。

つぎに直次郎が顔を見せたのは、半年ほど経ってからだった。

お磯はつれず、直次郎がひとり、浮かぬ顔でやってきた。

「心配ごとがありそうだな」

顔色を読んで雪之介は聞いた。

「へえ……」

直次郎はうなずいたきり、答えづらそうに黙りこくっていた。

「聞いてほしいことがあって、きたんだろう」

うながされて直次郎は、ようやく重い口をひらいた。

「店のほうが思うようにいかなくて困っています」

「なにをやったって、はじめからうまくいくものか。我慢しなきゃ」

「そうじゃねえんで。店を開けてすぐは、思った以上にお客が押しかけてくれてよろこんでたんです。ところが定五郎親分とこの若いのが、小遣い銭をせびりにおおっぴらに出入りするものですから、気味悪がってか、いつか客足が遠のくようになって……」

「裏で定五郎が糸を引いているんじゃないのか」

「そこまではしないと思うのですが……そのうちおれが島帰りだという噂《うわさ》がひろまって、輪をかけたように客足が遠のいて……」

「深川だと、黙っていれば、あんたが島帰りだってことは分かりっこない。だれか言いふらしたやつがいるんじゃないのか。まさか定五郎が……いや、彼ならやりかねない。あんたがうまくやってるので、嫉妬《やきもち》を焼いて邪魔してやろうと……」

刑をおえたものが、世間から入墨者として白い目で見られ、またもとの悪事へ逆もどりしてしまう例を、雪之介はおおく見てきている。

だが深川三軒町なら、直次郎がもといた浅草とははなれているし、雪之介はさほどその心配はしていなかった。

だが、定五郎のところの若いものが出入りするようになった。彼らが世間に、まえがあるとの噂をまき散らしたのかもしれない。

（どうせやらせているのは定五郎だろう）

その汚いやり口に腹は立ったが、そうだと決めつける証拠がない。

だからといって放ってもおけない。「入墨者」という言葉が、まじめに生きようとしているひとりの男を蝕《むしば》もうとしている。

おそらく思いあまった直次郎は、雪之介のところに相談にくるしかなかったのだろう。

ならばなんとかしてやらねばならない。

そう思い、たどりついた結論が、

「思い切って店を変えてみないか。深川ならまだ浅草にちかい。なにか逃げるようで嫌だろうが、あんたのまったく知らない土地、たとえば品川あたりで、もういちどやり直してみたらどうだ。それだけ離れていると、定五郎の邪魔も入らないだろう」

「かんがえてみます」

と、そのとき直次郎は帰っていった。

雪之介は動いた。

訪れたのは小柳町《こやなぎちょう》にある文具商の「柏屋《かしわや》」だった。

以前に柏屋は、多町《たちょう》にある木綿問屋「杉野屋《すぎのや》」の女あるじの手で、店をたたむ寸前まで追いこまれたことがある。その事件を雪之介が解決した。

柏屋の与四郎《よしろう》とはそのとき以来、つきあいがつづいている。

与四郎に逢うと雪之介は、品川あたりにてきとうな空き店はないだろうかと持ちかけた。

二日と経たず、与四郎が返事を持ってきた。

善福寺門前にちょうど手頃な蕎麦屋の空き店があるという。

二か月ほどまえまで老夫婦でやっていた店だが、親父が身体を悪くしてつづけられなくなり、以来空き家になっているのだそうだ。

居抜きで、相場の半分という、願ってもない話だった。

すぐに雪之介はそのことを直次郎の耳に入れた。直次郎もふたつ返事でのってきた。

あとのことはすべて与四郎にたのんで、雪之介はおもてにはでなかった。

善福寺の境内へ入って、雪之介はようやく決心をつけた。ここまでくればもう迷っている場合ではない。

小さいがこざっぱりとした店が、おおきな茶屋と茶屋のあいだにはさまっていた。

「善福そば」と書いた暖簾《のれん》が軒下で揺れている。

それが直次郎の店だった。

宿場町だから、朝早くから昼にかけては客で混雑する。それにひとくぎりついたところらしく、店の内部《なか》に客のすがたはなかった。

とつぜんの雪之介の訪問に、直次郎もお磯もおどろきをかくせない様子だった。

「お世話になりっぱなしでお礼にもうかがわず、失礼をおゆるしください」

顔を見て、まずお磯が詫びた。

「気にすることはない。繁盛していると聞いてよろこんでるよ」

雪之介はそう言うと、すこし態度をあらためた。

「じつは今日、折り入って聞きたいことがあってきたんだがね」

「なんでしょうか」

聞きかえしたのは直次郎だった。なんとなく雪之介の到来を予想していたらしい気《け》振《ぶり》が見えた。

「夕べ、定五郎が殺された。聞いているか?」

「ちらと、噂だけですが……そのことでお調べですか?」

「まあそうだ。ところで夕べの四つ半頃、浅草の海禅寺近くで、あんたを見かけたという人がいるんだが、覚えはあるかね」

「はい、ちょっとさしせまった用事があって、浅草に行きました」

「さしせまった用事ってなんだね。さしつかえなきゃ、聞かせてくれないか」

「私ごとでして、お話しするほどのことでは……」

「じつはあんたが浅草にいたほんの一刻ほどまえに、定五郎は殺されている。あんたは疑われてもしかたのない立場にいるんだ。そこをはっきりさせるためにも、なんの用で浅草に出向いたか、それを聞かせてくれないかな」

直次郎は答えなかった。

「話してはくれないか」

「………」

「まさか、あんた、夕べ定五郎に逢いに行ったのではないだろうな」

「どうして、私が定五郎親分のところへ？」

「深川では、定五郎から嫌がらせを受けた。逢って言いたいことがあったんじゃないのか」

「あのことは根に持ってはいません。ここでの商売がうまく行ってるんですから。定五郎親分を怨《うら》むこともありませんし……」

「これは人から聞いた話だが、あんた、手を切ったはずの定五郎のところへ、自分の方からちょくちょく出向いているそうだが、ほんとうかね」

直次郎の顔色がすこし変わった。どうやら噂はほんとうらしい。

だが、雪之介はそれ以上追及しなかった。

いまは直次郎が出向いたさきさえ分かればいいのだ。

「夕べ浅草に出向いた用件がなんだったたか、それくらい聞かせてくれたっていいんじゃないのか。へんに疑いをもたれてはあんたも困るだろう」

また直次郎は貝になってしまった。

直次郎がなにか言いだすのを、雪之介は根気よく待った。

こういうときは、待つことにおおきな効用があることを、彼は経験から知っている。

だが、黙りつづけることに負けたのは、直次郎ではなくお磯だった。

「ひとかたならぬお世話になった雨宮さまにさえ、この人には言えないこともあるのです。分かってやってくれませんか」

「それですむなら、しつこく聞いたりしませんよ。お磯さんなら分かるでしょう。定五郎が殺されたちょっとあとに、直次郎さんが浅草にいた。自然に疑いは直次郎さんにむく。とにかくいまはその疑いを、きっちりと解いておくことがたいせつなんです」

「うちの人は潔白です。それを信じて……」

「潔白を信じたいからこうして聞いているんです」

それまで暗い目をうつむけて、ふたりのやりとりを聞いていた直次郎が、きっとして顔をあげると、

「雨宮さまは、おれが定五郎親分を殺したと、そうかんがえておられるのですか」

「そう思いたくないから聞いているんだ。なんの用事があって夕べ浅草まででかけたか。どうしてその説明ができないんだね」

「それだけはごかんべん願いたいんです」

「よほど言えない事情がありそうだな。それとも言いたくない事情かね」

「好きに受け取っていただいてけっこうです」

直次郎はつきはなすような言い方をした。

雪之介は思わずその顔を見返した。

これまで雪之介が直次郎のためにいろいろと気を遣ってきた。

そのことを恩に着せる気は毛頭ないが、もうすこし言い方があろうと思うのである。

状況から見て、直次郎に定五郎殺しの疑いがかかってもやむを得ない。

その疑いを解こうというのに、当人は口をつぐんで語ろうとしないのだ。

よほど言いにくい事情があるのだろう。

それは分かるが、雪之介としては引っこんではいられない。

「もういちど聞く。このままだとあんたは定五郎殺しの下手人にされてしまう。それでもなお、浅草にでかけた用件は言えないか」

「かんべん願います」

「自分に疑いをかけられてもか」

「おれは定五郎親分を手にはかけていません。それともなんでしょうか、おれが入墨者だから、人殺しをしてもおかしくはないと？」

「だれもそんなことを言ってはいないじゃないか」

「おれにはそう聞こえました。だってその証拠に、いの一番におれが疑われている」

「いの一番とは、おかしな言い方だな」

「でも、夕べ定五郎親分が殺されて、今日はやばやとこうして同心がおいでになる。いの一番に疑われている証拠でしょう。だとしたら、理由はやはりおれが入墨者だから……そうじゃありませんか」

雪之介はつぎの言葉を、ぐっと胸のなかに飲みこんだ。

たしかに直次郎の言い分にも一理ある。

殺しが起きて、はやばやと同心がやってくれば、自分が入墨者だから疑われた。そう思っても無理ないだろう。

雪之介にまったくそんな気持ちはないが、受け手がそう受け取っても責めるわけにはいかない。

直次郎の立場を思うなら、やはりここまで足を運んだのはまずかったようだ。

雪之介は後悔した。

ゆっくりと戸口にむかう雪之介の背に、お磯が言った。

「うちの人の手は汚れていません。それは女房の私がよく知っています。でも女房のいうことじゃだれも信用してもらえないでしょうね。信じるか信じないかは聞く人の心の問題ですから。でも、入墨者って悲しいですね。一所懸命まじめに生きてても、他人からはそうとしか見てもらえないのですから」

心に爪を立てられた気がしてふりむいた雪之介の目と、こちらにむけた直次郎とお磯との目がぶつかり合った。

言葉のきつさとは裏腹に、二人の目にはすがるような必死の色合いがあった。

五

心に曇り空をのせたまま、雨宮雪之介は帰宅した。

縁先に腰をおろして、金次が待っていた。

「かなり調べてみましたが、殺したいほど定五郎を憎んでいる人間は見つかりませんでした」

まず報告した。

「人に怨まれることなら、おつりがくるほどの男のはずなんだが」

雪之介は首をひねった。

殺したいほど、定五郎を怨んでいた人間がいなかったという金次の言葉が、素直には受けとれなかったのだ。

「定五郎を憎んでいる連中なら、掃いて捨てるほどいます。むしろそうでないのを探すのがむずかしいほどです。ただ、いま手をかけなきゃならないところまで追いこまれていたものとなると、これがいないんです」

夏絵がぬる燗《かん》の銚子《ちょうし》と塩辛の小鉢を運んできた。

「なんとも不思議な話だな」

さっそく盃《さかずき》をとりあげながら、雪之介は首をひねった。

「乾分たちにもけっして評判のいい男ではないが、定五郎にくっついてると、まあ食うには困らない。まあ、持ちつ持たれつのかかわりが、おたがいにうまくつり合ってたということでしょうか」

定五郎を憎むものなら掃いて捨てるほどいる。だがそのなかに、いま、彼を手にかけるほど切羽つまっているものはいないと金次は言う。

すると、殺しの疑惑のいちばん近いところにいるのが、直次郎ということになる。彼は定五郎が殺されたちかい時刻に浅草にいた。しかも、用件を隠し通している。

（あやしいといえば、彼がもっとも怪しい）

のだ。

もちろん直次郎が定五郎を手にかけたという証拠はない。

殺した証拠はないが、潔白を証明する証拠もない。肝心な証言を、直次郎自身が拒んでいるのである。

直次郎は約束とひきかえに、定五郎に代わって狛犬の茂太を手にかけた。定五郎は約束を守った。

だが、直次郎に弱みを握られたことで、定五郎は内心穏やかでなかった。

それが直次郎への嫌がらせとなった。

そのせいで直次郎は、深川の店をたたまなければならなくなった。

とうぜん直次郎は怨んでいるだろう。

定五郎を殺す動機は、直次郎にはある。

「もうすこし調べをつづけてくれるか。かならず香具師仲間のなかに、定五郎を殺したいほど憎んでいたものがいたはずなんだ」

金次に言った。

直次郎の動きを、金次に見張らせようかとも思ったが、それは口にしなかった。

彼のことは、もうしばらく雪之介ひとりの問題にしておきたかった。

金次を帰らせたあと、雪之介は暗い気持ちをもてあましながら、黙々と味のしない盃をなめていた。

夏絵が夕餉《ゆうげ》の膳を座敷にならべた。

ついこのあいだまでは、膳はひとつだけだった。給仕に夏絵が残っても、食事をするのはひとりである。

それがこうして、夏絵とむかい合って食事をするようになった。

そんな些細《ささい》なことにも、雪之介は、所帯を持ったことの実感をしみじみ感じたりした。

だが、今夜はちがう。

目をうつむけたまま、箸《はし》をにぎった。

「なにか心配ごとがおありのようですね」

夏絵は雪之介の心をすばやく感じとっている。

「いろいろとありましてね」

話してみる気になった。

とにかく夏絵に聞いてもらおうと思った。

こういうところにもよき伴侶《はんりよ》を得たものの、微妙な心のうごきがある。

「つらい思いをされているのですね」

聞きおわると夏絵はしみじみと言った。

その言葉に雪之介は、妙に気持ちが安らぐのをおぼえた。

「いま直次郎は、定五郎殺しの疑惑の先頭にいます。同心として私は、徹底して彼のことを調べなければいけない。ところが正直いって、私は逃げてます。これ以上踏みこめば、直次郎たちのくらしをこわしてしまうことになりはすまいかと、それを恐れて私は……情けない男と嗤《わら》われるかもしれませんが……」

「そうでしょうか。私、思いますの。人の心を失った人には、同心をつづけていく資格がないのじゃないかと……でも、人の心があれば、どうしても悩まなければならない。つまり悩んでいらっしゃるのは、雪之介さまに同心としての資格がある証拠かもしれませんわ」

「それは買いかぶりです。今日、直次郎から言われました。自分は入墨者だからいの一番に疑われるのかと……人の心が分かるものなら、事件のすぐあとに彼と逢うのは避けたでしょう。私にはそこまで思いいたらなかった」

「入墨者だから疑われるのかと……直次郎さんはそう言いましたか」

「あれは堪《こた》えました」

夏絵は持っていた箸を膳のうえにおくと、しばらくかんがえこむふうだったが、

「雪之介さま、もしかしてその言葉、べつな意味で直次郎さんはおっしゃったんじゃないでしょうか」

「べつな意味……ですか？」

「自分を信じてくれという、直次郎さんの魂の叫び声かもしれません。なぜ浅草に出向いたか、どうしてもそのわけを言えない事情がある。それを分かってくれと……い

まはきちんと生きている自分を信じてくれと……その気持ちを裏返しにして、直次郎さんはそのようにおっしゃったのかもしれません」

雪之介はしげしげと夏絵の顔を見た。

入墨者だから疑うのかと言った直次郎の言葉を、雪之介はとても夏絵のいうようにはうけとれなかった。

だがそれは、自分を信じてくれとの、直次郎の魂の叫びではないかと夏絵は言うのだ。

夏絵の言葉が当たっているかどうかは分からない。だが、そこまで人の心を深読みできる夏絵に、雪之介は頭のさがる思いがした。

翌日、雪之介は御箪笥町にお滝を訪ねた。

あの、ひと吹きすれば折れてしまいそうなひ弱な女が、定五郎を失ったあとどう生きていくのか、それが気になった。

お滝は座敷にすわって、片づけものをしていた。

「葬式の段取りはつきましたか」

雪之介は聞いた。

死因に怪しいところはないので、昨日のうちに定五郎の遺体は奉行所から下げ渡されている。

「はい、浅草寺《せんそうじ》裏の満障寺《まんしょうじ》をお借りして、弔いをすることにきまりました。すべて柳葉の親分さんがとり仕切ってくださったんです」

昔のよしみで、柳葉の黒兵衛が手を貸してやっているらしい。

「定五郎のあとは、粂造が引き継ぐことになったのですか」

順序からいえばそうなる。そう思って聞いた。

「それなんですが、粂造さんはこれを潮に、香具師の世界から足を洗いたいとおっしゃって……」

「あとは継がないと言ったのですか。するとあなたが……？」

「いえ、私も柳葉の親分さんに、ふつうの暮らしにもどりたいとお願いしておきました」

世間のかんがえ方からすれば、定五郎の亡きあとはお滝が受け継ぎ、粂造をまとめ役に、縄張りを守っていくのだろうが、お滝にとてもそんな器量はない。

どう見ても姐御肌《あねごはだ》ではなく、むしろこんな世界には不向きな女である。

するととうぜん粂造が跡目を引き継ぐのが筋道だ。彼なら乾分たちをまとめていく技量はある。

その粂造が身を引くとは意外だった。

「すると跡目を継ぐものがいなくなる？」

「そのことで、夕べ遅くまで話し合いまして、けっきょく柳葉の親分さんにここの縄張りはお返しすることに……」

「粂造さんは、いまどこにいますか」

よけいなことかも知れないが、いちど粂造に逢って、跡目を継がないときめた理由を聞いてみたいと思った。

そのときである。

まるで打ち合わせたように、粂造が勝手口から顔をのぞかせた。

「いいところへきた。ちょっと聞きたいことがあったんだ」

雪之介が声をかけると、粂造の顔色が曇った。

「あんた、定五郎の跡を継ぐのをことわったそうだね。どうしてなんだ」

「まえから引きどきはかんがえていました。だから定五郎の親分がこんなことになって、ちょっどいい潮どきかと……」

「香具師という稼業に嫌気がさしたということかね」

「ええ、まあ……ちょっとでましょうか」

そういうと、粂造はさきにたって家をでた。

なにかお滝のまえでは言いにくいことがありそうだった。

世尊寺の横手を抜けると、いちめんに田圃がひろがっている。稲を刈り取ったばかりの土塊《つちくれ》が、殺風景なままむき出しになっていた。

「直次郎とお逢いになりましたか」

あぜ道を歩きながら、粂造は背中で聞いた。

「逢ってきた。どうもこの殺しにはかかわりなさそうだ。直次郎は商売上の用事で浅草に行ったと言ってる」

雪之介はつい嘘を言った。

「そりゃあよかった。お役人さまに、直次郎を差すような告げ口をして、後悔してたんです」

「殊勝な話だな」

「あっしは気持ちのどこかで、直次郎を妬《ねた》んでいたんですね。定五郎親分と手を切って独り立ちしたことが羨《うらや》ましくて。あっしもずっとそうしたいと思っていましたから、さきを越された気がして……その妬みが、言わずともいい告げ口になった。でも、直次郎が殺しにかかわっていなくて、ほっとしました」

粂造はほんとうに肩から荷をおろしたような顔つきになった。

「するとかなり以前から、この世界から足を洗いたいと思っていたってわけか」

「そうです」

「そう思ったきっかけはなんだね」

粂造はすこし言いまどう様子を見せたが、すぐ思いきったように、

「正直にいうと、香具師の世界から足を洗いたかったというよりも、定五郎親分のそばにいたくなかったんです」

「よほどの事情があるみたいだな」

ふたりは話しながら、どこまでもあぜ道を歩いていった。

雨がちかいのか、なま暖かい風が頬をなでていく。

「これはまだ人にも話したことはないのですが、定五郎親分には、人の不幸をよろこぶところがありました。それが嫌で嫌で……直次郎のことだって、お磯さんといい仲だと知って、それを裂こうとしたんでしょう」

「ほかにもあるのか」

「あげれば切りがありません。親分は人の不幸をよろこぶばかりか、自分から人の不幸をつくって楽しむところがありました。いまの姐《あね》さんだってそうです。好きでいっ

しょになったわけじゃない。姐さんには好いた男がいました。それを知って引き裂いたんです。むりやり女房にして、しかも飾り物ならまだいい。だれが見たって飼い殺しですよ」

ほんとうだとすれば、よほど性根の腐った男である。

雪之介は定五郎のことを、子供じみた嫌がらせをする男だと思ったことがある。だが、そのていどは人として許せる範囲をこえているようだ。

「お滝さんが好いていた相手というのは、いったいだれなんだね」

雪之介は聞いた。

「それがよく知らないのです。姐さんを定五郎親分に横取りされたと知って、相手が悪すぎると思ったのか、その男、どこかにすがたをくらましてしまって……」

「相手の男が消えた？　すると定五郎には、もうお滝さんをそばにおいておく必要はないじゃないか。いたぶる相手がいないんだから」

「そこが親分の人の悪いところです。男がいなくても、姐さんをいびって悲しませ、苦しめて喜んでいるのです」

「あんたが定五郎のところにいたくないという気持ちは分かった。でも、その嫌な定五郎がいなくなったんだろう。なのにどうして跡を引き受ける気にならなかったんだ？」

「親分のところを去りたいと思ったときから、香具師という仕事にも嫌気がさしてましてね。これを機会に、べつな生き方をしてみようと……」

粂造の気持ちも分かる気がした。

定五郎を嫌い、香具師という仕事にも愛想をつかした彼が、あたらしいくらしをはじめることにきめた。雪之介は大賛成だった。

「それにしてもよく思い切ったな」

「定五郎親分がこんなことにならなけりゃ、まだ踏ん切りがつけられずにいたでしょう。こんなことをいうと叱られそうですが、親分を殺した下手人に礼を言いたい気分です」

目のまえに山谷堀《さんやぼり》が見えてきた。

「もうひとつ聞きたいんだが、このまえあんた、手が切れたあとも、直次郎は定五郎のところに出入りしていたと言ったね。あれも悪意があっての告げ口か」

「あれはほんとうです。直次郎はよく親分のところに顔をだしていました」

「どんな話できていたか、そこは知らないか」

「これはあっしの想像ですが、直次郎は姐さんと別れてやってくれと、親分のところへ頼みにきていたんじゃねえでしょうか」

「直次郎が、お滝さんを定五郎からひきはなそうと……？」

「姐さんは以前、東仲町の若竹という小料理屋にいました。直次郎の女房のお磯もその店でいっしょだったんです。もしかしたら直次郎は女房に泣きつかれて、姐さんとの別れ話を親分に持ちかけたのじゃねえでしょうか」

ありそうなことだと雪之介は思った。

直次郎は人を手にかけることで、お磯との幸せを手に入れた。それだけにお滝の不幸を、見て見ぬ振りはできなかったのだろう。

直次郎には切り札があった。

もし、お滝との離別に応じないなら、茂太殺しは定五郎の指図だったと世間に言い触らすと脅したのではないか。

弱みをつかれれば、定五郎もさからうことはできない。

適当にその場は言いつくろった。だが、いつまで経ってもお滝を解き放そうとしない。

直次郎がしきりに御簞笥町を訪れたのは、その催促のためだったようだ。

定五郎にすれば、直次郎の言うままになることに意地がある。

言いぶんを飲めば足もとを見られて、このさきまたなにを言いだされるか分かったものではない。

(それで定五郎は、お滝の問題を曖昧《あいまい》にしたまま、いっぽうで乾分を使って、直次郎の商売が成りたたないように邪魔させたのだ)

商売がうまくいかなくなれば、直次郎もお滝のことにかまってはいられなくなる。そう読んだのだろう。

(それにしても、そこまでお滝にこだわる定五郎の本性はなんだろう)

気になった。

だが、本人が死んだいまとなっては、それをたしかめる術《すべ》がない。

粂造と別れると、雪之介は山谷堀を田町《たまち》二丁目のあたりで右に折れ、浅草寺の境内を通りぬけ、東仲町の若竹に足を運んだ。

女将《おかみ》に逢った。

「ええ、お滝ちゃんならここに勤めてくれてましたよ。おとなしいいい娘《こ》でした。定五郎親分に身請けされて、それで辞めたんです」

雪之介の問いに女将は答えた。

「お滝さんと恋仲だった男がいたと聞きましたが」

「お滝ちゃんに熱をあげていた男ですか。さあ、お客のなかにそういう人はいなかったと思うのですが」

「ここにはお磯さんという人もつとめていたそうですね」

「ええ、いました。お磯ちゃんがさきにつとめるようになって、それからお滝ちゃんを呼びよせたんです。ふたりはおなじ日暮里の新堀村の出でしたから」

六

雨宮雪之介はもういちど山谷堀にもどった。

日暮里へはこの堀づたいに行くのがちかい。

若竹の女将は、お滝がお磯とおなじ新堀村の出身だと言った。

直次郎もおなじ村の生まれである。

彼が定五郎のところへ、お滝を自由にさせてくれるよう頻繁に足を運んだのは、同郷のよしみとして、お滝の幸せを願う気持ちからだろう。

そこまでは分かった。

だが分からないことがひとつある。

恋仲でありながら、お滝を捨ててすがたをくらました男のことである。

女将の口ぶりから、その男は若竹の客ではなかったようだ。

（もしかしてその男も、新堀村のものではないか）

これは雪之介の直感である。

山谷堀沿いの道は人通りがおおい。遊里《いろざと》として知られる新吉原《しんよしわら》がこの道沿いにあるからである。

それも三ノ輪《みわ》あたりまでで、そこを過ぎると目につくのは、見渡すかぎりの田園のひろがりで、人足もぱたりと絶える。

日暮里はこのすぐ近くだった。

音無川《おとなしがわ》の支流は根岸や日暮里を流れ抜け、左右に広がる田圃を潤しながら、山谷堀となって大川へそそぐ。

薬王寺のあたりまできて雪之介は足を止めた。

日暮里、根岸、豊島は、上野の山の北陰にあり、木立と田園とに囲まれた里である。あちこちに竹藪《たけやぶ》や雑木林が見え、それに隠れるように物持ちの寮らしき建物があった。

この地を「幽遠《ゆうえん》なる里」と呼んだ人がいる。

だが、ここに住み、田畑を耕して作物を育て、太陽を背に、土とむきあって生きている百姓たちのくらしは、およそ幽遠とは縁遠いものだった。

前方に道灌山《どうかんやま》が見えてきた。新堀村はその山裾《やますそ》にある。

こんもりとしたいくつもの雑木林に抱かれるようにして、田圃がひろがっている。へばりつくようにして建つ百姓家が見えた。

刈り入れのすんだ田に、人のすがたはなかった。

そんななか雪之介は、畔《あぜ》にぽつんとすわって日向ぼっこを楽しんでいる老婆を見つけた。

「ちょっと聞きたいのですが……」

横にきてかがみ込んだ男を、老婆は胡散《うさん》臭そうな目でじろりと見た。

「昔、この村にお滝さんという人が住んでいたと思うのですが」

「お滝？」

「ここを出てから、浅草のほうで茶屋づとめしていた人ですが」

「ああ、勘助《かんすけ》とこの娘のお滝かね。十二、三年まえに村をでたっきり逢ってねえな」

「お滝さんの両親は、いまでも健在ですか」

「どっちも八年まえに死んじまったよ。流行病《はやりやまい》に罹《かか》っちまってね」

見かけによらず、話し好きの老婆のようだった。

「お滝さんと親しくしていた人に、お磯さんという人がいたと思うんですが」

「次郎兵衛《じろべえ》の娘だね。あの娘はお滝よりちょっとさきにここをでて行ったよ。それっきり顔を見ていないね」

「お磯さんの両親は?」

「お磯がここをでるまえに死んじまってた、あの娘も身よりなしだね」

「直次郎という人のことを覚えていますか」

「直次郎ならときどき顔を見かけたね。親父のほうはとっくに死んじまってたけど、病気がちのおふくろが四年ほどまえまで生きてたからね。それを見舞いにここにもどってきた。おふくろのことよろしく頼みますと、もどると土産物を持ってきちんと近所へ挨拶にまわってたよ。うちも浅草の海苔《のり》とかをもらったことがあった」

「直次郎さんはいまお磯さんと、品川の方で所帯を持ってます。ご存じでしたか?」

「知らないね。そうかい、それはよかった。ちいさいときからあの二人、ずいぶん仲がよかったからね。お滝さんにも、そういう相手はいませんでしたか」

「ところでお滝さんにも、そういう相手はいませんでしたか」

ここが雪之介のいちばん聞きたいところだった。

息を飲むようにして、老婆の返事を待った。

「いたね。あれはだれだったっけ。いつも直次郎やお磯やお滝とつるんでた男がいた。そうそう、たしか銀平と言ったっけ」

「銀平……ですか？」

雪之介の声が知らずにおおきくなった。

「徳太郎《とくたろう》とこの息子でね。ちいさいときから泣き虫だった。ほかの子からいじめられては、いつもヒイヒイ泣いてばかりいた。そんなとき、銀平をかばってやってたのが直次郎だよ。そうそう、それからお滝も銀平には優しかったね。もしかしたらあの二人も夫婦になったかもしれないよ。お滝がここをでてから、十日としないうちに銀平も村をでていったから。あれはお滝のあとを追っかけていったにちがいないね」

定五郎の死体を最初に見つけた影の薄い男の顔を、雪之介は思い浮かべた。

こともあろうにお滝の相手が、あの銀平だという。

（そうか、あの銀平が、お滝と好き合っていた相手だったのか）

そうなると、解《げ》せないのが粂造の言葉である。

彼はお滝の相手のことは知らないと言った。銀平なら知らないはずがないのだ。

（粂造は知っていて隠したらしい）

だ。

　粂造は直次郎のことで、不利な証言をしたと後悔していたのおなじ失敗をかさねまいと、わざと銀平の名前をかくしたのかもしれない。

　熊のようにいかつい身体つきの男だが、粂造には、意外に優しいところがあるようのだ。だ。


　そういう男だから、定五郎の跡を継ぐのをことわって、香具師の世界から足を洗おうとしているのだろう。

「いろいろありがとう。ところでいま聞いた四人の生家ですが、もう残っていませんか」

「みんな身寄りがいなくなってとりこわされた。残ってるのは直次郎の家だけだよ。ほら、あそこにちいさな雑木林が見えるだろ。あの下のところだよ。それからそのむこうに見えている丘……鴉《からす》が飛んでるあたりさ。あそこが直次郎たち四人の遊び場だった」

　礼を言って雪之介は老婆から離れた。

　ただひとつ残っているという直次郎の生家に足をむけた。

　ほとんど手つかずの雑木林を背に、その廃屋はかろうじて建っていた。

藁《わら》をのせた屋根は朽ち、ペンペン草が生えている。壁もほとんどが崩れていた。

そこを離れると雪之介は、老婆が子供四人の遊び場だったと教えた丘にむかった。

今年は梅雨明けが遅れたせいか夏のくるのが遅く、そのぶん秋になってもなかなか残暑は去らなかった。

おかげで楓《かえで》や漆《うるし》の葉は、まだきれいな緑色をしている。季節の狂いがつくりだした、この時期めったに見ることのできない風景だった。

そんな風景を見るともなく見ているうちに、雪之介の頭のなかで、それまでばらばらに散っていた幾本かの糸が、するすると一本につながってきた。

(定五郎を殺したのは銀平らしい)

そのことだった。

定五郎には人の不幸を見てよろこぶという歪《ゆが》んだ性質があった。

まず目をつけたのがお磯だった。彼女を自分の女にすることで、直次郎を苦しめてやろうとした。

これは直次郎の意外な機転で果たせなかった。

その悔しさがあらぬ方向にむいた。犠牲になったのがお滝だった。

銀平と恋仲であることは承知で、定五郎は強奪するようにしてお滝を自分の女にした。

(愛していたからではない。お滝を抱くことより、銀平を苦しめてやろうとしたのだ)

人間の心を失った定五郎の、それは人でなしともいうべき性癖だった。

だが、惚れた女をほかの男のなぶりものにされながら、抵抗ひとつできないのが銀平であった。

定五郎のところをとびだす勇気もない。とびだせないのは、そこまでされても銀平はお滝のそばにいたかったからだ。

その銀平の臆病さが、また定五郎を喜ばせた。

彼が好きでもない女を、女房にしつづけた理由はそこにある。

当然のことながら、銀平の気持ちは屈折した。

いまそこにいる好きな女を、どうにもできないもどかしさが、銀平を奇異な行動に走らせた。

一年半ほどまえから、身のまわりからものがなくなるとお滝は言っていた。

(あれは、きっと銀平がやったことだ)

お滝が身につけるものを盗みだし、自分のそばにおくことで、銀平は、彼女への思し墓《ぼ》を満足させようとしたのだろう。

あの晩銀平は、お滝が留守と知って、こっそり定五郎の家にしのびこみ、箪笥から帯締めを盗みだしたのだ。

そのとき奥の間では、定五郎がお七と酒を酌みかわしていた。

そして銀平は盗み聞いてしまったのである。お滝を一生飼い殺しにしてやるのだという定五郎の許せないひと言を。

銀平の心に殺意が生じた。

お七が厠に立ったすきに、自分を抑えかねた銀平は、手にした帯締めで定五郎の首を絞めたのであろう。

お七が逃げだしたあとも、銀平はあの家にいたはずである。

自分がやってしまったことのおぞましさに、彼は身をすくめていた。

そこへ直次郎がやってきた。

いつまで待っても、お滝との別れ話を実行しない定五郎へ、督促するための訪問だった。

そして銀平が定五郎を殺したと知り、直次郎は愕然《がくぜん》としただろう。

しばらくして混乱からたちなおった直次郎は、ともかく銀平の口を封じておいて、そのあいだに、幼なじみが犯した罪をうまく処理してやろうと思ったのではないか。いくら雪之介が問いつめても、直次郎が行きさきを言わなかった道理である。

(これで話の筋道がほぼ見えてきた)

雪之介は急いで新堀村をあとにした。

この時刻、浅草寺裏の満障寺で、定五郎の弔いがはじまっているはずだった。そこには銀平もお滝もいる。二人をつかまえて話を聞いてみるつもりだった。

だが、遅かった。

雪之介が満障寺についたとき、弔いどころか、お滝と銀平のすがたが見えないと、みんなが大騒ぎしているところだった。

(しまった、逃げられた！)

雪之介は足踏みするほどに悔しがったが、いまさらどうにもならない。

そのあと八方手をつくして心当たりをさがしまわったが、ついにふたりの行方《ゆくえ》をつかむことはできなかった。

七

弔いのはじまるちょっとまえまで、まちがいなくお滝も銀平もいたという。

それがとつぜん満障寺からいなくなった。

身近に探索の手がせまったと知っての逃亡ではない。雨宮雪之介が事件の真相らしきものに行きついたのが、ついさきほどなのだ。

（いったいふたりはどこへ消えてしまったのだろう）

思いつくさきがひとつだけあった。

（直次郎を頼ったのではないだろうか）

そのことだった。

銀平たちが逃げてくれれば、直次郎は命がけで幼なじみを匿《かくま》ってやろうとするだろう。

そういう男なのだ。

（銀平たちが直次郎のところに隠れている見込みは高い）

そう思いつつ、雪之介のお尻はなかなか持ちあがらなかった。

直次郎と逢うことに躊躇《ちゅうちょ》がある。

「私が入墨者だから、いの一番に疑われるのですか」

直次郎は言い、

「他人からはそうとしか見てもらえないなんて、入墨者って悲しいですね」

女房のお磯が言った言葉が、雪之介の胸に突き刺さったままである。

「それは無実を信じてくれという、直次郎さんの魂の叫びではないでしょうか」

夏絵は言う。

そうかもしれないとは思いつつ、雪之介はためらいつづけていた。

どうしても直次郎を訪ねる決心がつかないのだ。

そこに銀平とお滝がいることはまずまちがいないだろう。

しかし、直次郎は否定するにきまっている。

それでもあえて問いつめねばならない。それが雪之介の仕事なのだ。

そのやりとりのなかで、直次郎とのあいだに、おおきな心の溝がきざみこまれていくだろう。

そうなることが辛かった。

あたりはすっかり暗くなっている。いつまでも躊躇は許されない。

ようやく雪之介は重たい腰をあげると、提灯《ちょうちん》を手に品川へむかった。

善福そばの軒行燈《のきあんどん》は火が消えていた。店はおわったらしい。

表戸もしまっている。

なんどかたたくと、戸はすこしだけあいた。

お磯の顔が隙間からのぞいた。

「邪魔するよ」

雪之介が声をかけると、すこしためらってから、お磯は仕方ないというふうに、人の入れるだけ戸をあけた。

あきらかに歓迎されていないと分かる迎え方であった。

店では直次郎がなにも言わず、かたちだけの黙礼をした。

直次郎もお磯も、表情のない薄っぺらな顔つきをしていた。意識して表情を殺しているようだ。

「あいにく店はおわりましたが」

雪之介の訪問目的は承知していながら、お磯は如才《じょさい》なく商売用の笑顔をつくって言った。

「直次郎さんに聞きたいことがあってきたんです」

雪之介が入れ込みの一隅に腰をおろすと、あきらめたように直次郎はそのまえにきてすわった。

「あんた、定五郎のところにいた銀平とは、幼なじみだったそうだね」

「はい」

「その銀平だが、ここに訪ねてはこなかったかね」

「きてませんが、どうしてですか?」

「定五郎を殺したのは銀平だと私は見ている。そこで話を聞こうとしたんだが、すでにすがたをくらましていた。お滝さんもいっしょにな」

「それが、なにかおれと……?」

「逃げた銀平が身をよせるところといえば、ここしかないように思うんだが」

「それは見当ちがいでしょう。おれと雨宮さんとのことは銀平も承知してます。もし銀平が定五郎親分殺しの下手人なら、いつお役人があらわれるかしれない危険なところに、のこのこやってくるはずがありません」

「銀平はむりやり定五郎に、お滝さんとの仲を引き裂かれたそうじゃないか。あんたも身をもっておなじ思いをしている。もちろんあんたは持ちまえの才覚で切り抜けたが、才覚も勇気も持ち合わせない銀平は、手をつかねているしかしかたなかった。だが我慢の糸はいつかは切れる。切れて銀平は定五郎を殺してしまった。もし、おなじ境遇の男が頼ってきたら、あんたの性格ではつきはなせない。まして相手は幼なじみときている」

「それは雨宮さまの想像でしょう。なんと言われても、いないものはいないんです」

「そうか。じゃあ、念のために家のなかだけでも見せてもらえないか」

雪之介としては、思い切って言ったひとことだった。

その言葉が、これまでつないできた直次郎との心の糸を、絶ちきることになるかもしれないと思いつつ、やはり言わずにはいられなかった。

「おれの言うことは信じられないと、そうおっしゃるんで?」

案の定、予想どおりの答えがかえってきた。

「私は同心だ。役目だけはきちんと果たさねばならない」

「おことわりします。いくら入墨者でもお役人のまえで嘘は言いません」

直次郎はきっとした目をこちらにむけた。

「また、それを言う」

「おれのようにまえを持つものには、雨宮さまの一言一言が、ことのほか堪えるのです」

雪之介は言葉を失った。直次郎の立場に立てばそうなのだろう。

すこし配慮を欠いた言い方をしてしまったと気がついたとき、直次郎は追っかぶせるように言った。

「ひとつお願いがあります。これからさき、あまりおれたちに近づかないでいただけませんか。おれは入墨者という烙印《らくいん》を消したくて、品川まで逃げてきたんです。そこへ頻繁に雨宮さまにこられると、そこからまた心ない噂がひろがるかもしれません。とにかくおれたちは、しずかにくらしたいのです」

そのひとことに雪之介はたじろいだ。

これまで直次郎たちには気持ちをかけてきたし、いたらぬまでも手助けもしてきた。なのになぜ、こういう言い方をされねばならないのか。

雪之介は思わず直次郎の顔をにらみつけた。

見返した直次郎の顔に、涙があふれていた。

(そういうことか)

涙を見たとき、雪之介の胸にずんと落ちてきたものがある。

銀平もお滝も直次郎を頼ってここにきた。

そのふたりのために、彼は最善の道をさがしてやろうとしている。

そこへ同心に介入してもらいたくない。

近づかないでくれと言った直次郎の言葉の裏に、いっときの猶予《ゆうよ》を願う直次郎の切羽つまった思いがひそんでいるのだ。

（銀平とお滝はこの家にいる）

雪之介は思いは確信に変わった。

ゆっくりと入れ込みからたちあがった。

「迷惑だというなら、これからは近づかないようにしよう。ただ、もういちど聞く。銀平の行き先をほんとうに知らないんだな？」

「知りません」

雪之介と直次郎の目がもつれてからみあった。涙のおくに、強く光るものがあった。

「分かった、あんたを信じよう」

その言葉をぶつけるようにして、雪之介は店をでた。

そのときから雪之介は、ぱったりと動かなくなった。

直次郎という男を徹底して信じてみようと思った。

彼には彼なりの思惑があるのだろう。その結果を待つつもりだった。

もちろん不安はある。もしかして直次郎が、銀平たちをどこかに逃亡させはすまいかという心配であった。

そうなれば雪之介の怠慢は否めない。そこに下手人がいると知りながら放置し、逃亡させてしまった責任は、とうぜんとらねばならない。

最悪の覚悟はできていた。

人と約束するということは、それほどつよい決意を求められるものなのだ。

雪之介が動かないことで、いちばん心配したのは金次であった。

「いいんですか、そんなにのんびりかまえてて」

「いいんだ。しばらくはおれのしたいようにさせてくれ」

「定五郎の女房のお滝と、乾分の銀平がすがたをくらましている。さがさなくていいんですかね」

金次はまだ、銀平が定五郎殺しの下手人だとは気づいていない。ただ、とつぜんの失踪《しっそう》を疑っている。

「そのこともふくめて、しばらく問題はおれがあずかる」

それ以上言うこともなくて、金次は帰っていった。

雪之介は縁側にすわって空を見上げた。

ちぎれ雲が風に吹かれて飛び去っていく。いつまでも歩みの遅い秋ではあるが、雲の様子に季節の移り変わる風情《ふぜい》が感じられた。

横にきて夏絵がすわった。

「気の毒に、金次さんは狐につままれたような顔で帰っていきましたよ」

「まだしばらく、金次にも言いたくないことがあるのです」

「そのようですね」

「夏絵どのから見て、いまの私はさぞぐうたらに見えるでしょうね」

「前島さまなら、のらくらしていいと、誉めてくださるかもしれません」

「ある男を信じることにしました」

「その人って直次郎さんですね」

「そうです。私は直次郎という男を信じてやろうと決めました。だから動かない。でも、彼は私を裏切るかもしれません。そうなれば私はいまの仕事をつづけてはいけなくなる。夏絵どのにも悲しい思いをさせることになるかもしれません。ただ、分かってください。人を信じるには、自分のすべてを賭《か》けるほどの覚悟がいるんだということを」

雪之介は心にたまっていたものを、正直に吐露《とろ》した。

「雪之介さまが選んで歩かれている道なら、さきで曲がっていようが行き止まりになっていようが、夏絵はついていきます。けっして悲しんだりしませんわ」

その夏絵のひとことは、あちこちに棘《とげ》をつきだしていた雪之介の気持ちを、真綿でくるむようにして包みこんでくれた。

（この人を妻に選んだことにまちがいはなかった）

いまさらのように夏絵の顔を見つめながら、雪之介は思うのだった。

八

二日経った。

その日は昼過ぎから大雨になった。

雨は一刻あまり地軸を揺るがすように降り、嘘のようにぴたりとやんだ。

やはり季節の狂いがもたらした大雨だろうか。秋にはめったに見られない暴れ雨であった。

「もうすこし降りつづけば、楓川《かえでがわ》も亀島川《かめしまがわ》も水があふれだすところでした」

様子を見てきた夏絵が、もどってくると雪之介に告げた。

雪之介は立ちあがった。自分の目でも見ておこうと思ったのだ。

そのとき、片開きの小門を蹴破《けやぶ》るようにしてとびこんできたものがいる。

直次郎だった。顔色を紙のように白くしている。

雪之介を見ると、直次郎は平蜘蛛《ひらぐも》のように土間にはいつくばった。

「雨宮さま、もうしわけないことをしでかしてしまいました」

直次郎が絞りだすような声で言った。

「いったい、どうしたというんだ？」

「お見通しだとは思いますが、銀平とお滝さんはおれが匿っておりました。知らないなどと嘘を言ったこと、お許しください」

雪之介はなにも言わずに直次郎を見下ろしていた。

「頼ってこられると、嫌とは言えませんでした。銀平とは餓鬼《がき》のころから、兄弟のようにしてやってきた仲でした。あいつの不幸はおれの不幸です。だからなんとかしてやらなくちゃと……」

「つまり友情ってやつか」

「そんなきれいなもんじゃありません。言ってみれば腐れ縁です。銀平からはいつも厄介ばかり持ち込まれて……だからいつか、この悪縁は切らなきゃいけねえと……そう思いつつずるずると……」

「それがほんとうの友情ってやつかもしれないぞ。ところで、いまふたりはどこにいって……」

「それが……おれもお磯もうっかり目を離したすきに、すがたが見えなくなってしまる?」

思わず雪之介は絶句した。

いちばん恐れていたことが、実際になろうとしている。

「まさか、ふたりは死ぬつもりで……」

言いかけた言葉を飲みこんだ。

銀平とお滝が死を選ぶ。それが最悪の状況だった。

雪之介が動かなかったことが、ふたつの命を失わせる結果を招いたことになる。

すると直次郎は、

「銀平たちが死ぬことは万が一にもありません。それは自信をもって言えます。というのもこの三日間、おれは銀平に自首をすすめてきました。おれはそうして罪を償い、結果、自由を手に入れた。銀平にもそうすることで、お滝さんとの幸せを手に入れるようにとさとしたんです」

「銀平はどう答えた?」

「なかなかうなずきませんでした。これまでずっとお滝さんは自分から遠いところにいた。我慢して、我慢して、ようやくお滝さんを手にすることができたんだ。これからはふたりで、ささやかでいいから幸せなくらしを持ちたい。罪を償う何年間がとても自分には待てないと、銀平は言うのです。生きてお滝さんとくらすことに執着する銀平が、万が一にも死ぬことはありません」

「なるほど」

「銀平と話しながら、いっそこのままどこかに逃がしてやろうと、何度思ったか知れません。でもちがう。罪をかかえたまま、人目からかくれて暮らしてみても、ほんとうの幸せなんかやってこない。そう思い、口酸っぱく銀平を説得しました。そして夕べ、やっと自首してでることを承知させたのです」

「それがどうして急に……？」

「今朝になって気持ちが変わったのでしょう。それに気づかず、仕事が一段落したら雨宮さまのところにつれてくるつもりで……ところがあの大雨でしょう。それがあがるのを待っていて気がつくと、いつの間にかふたりのすがたが見えなくなっていたんです」

「銀平はこの江戸から逃げだして、どこか遠いところで、お滝さんとふたりのくらしを持とうとしたんだな」

「だと思います。ただ、この江戸から逃げだすまえに、銀平は新堀村を訪ねたのじゃないでしょうか。いったん生まれ故郷にもどり、そこから嫌な過去を一足飛びに捨て去って、あたらしいくらしにつなげようとした。そんな気がするのです」

「あんたの言うことがあたってるかどうか、とにかく新堀村まで行ってみようか」

「おれもそのつもりで、とにかくお磯をさきに新堀村に走らせました」

雪之介はあわただしく身支度を調えると、夏絵に送られて屋敷をとびだした。

日本橋を渡り、筋違御門《すじかいごもん》へとむかった。

どの川も増水して橋桁《はしげた》ちかくまで水に浸かっている。もうすこし降れば氾濫《はんらん》するところだった。

「定五郎を殺したのは、やはり銀平だったんだな」

駆け足になりながら、雪之介は聞いた。

「銀平は認めました。用があって御簞笥町の家に行ったところ、定五郎親分とお七という女との話を盗み聞いてしまった。それでカッとなって、女が厠にたった隙に首を絞めたというのですが」

雪之介の見込みどおりだった。

「あんたがたびたび御簞笥町を訪ねたのは、お滝さんを銀平の手にとりもどさせてやろうと、それを定五郎と話し合うためだったんだろう」

「そうです。いつも安請け合いはするが、いっこうに約束を守ろうとしない。それでたびたび足を運ばねばならなかった。あの晩もそうでしたが、着いたのが事件が起きたすぐあとでした。でも、まさか銀平を売るわけにいかない。それで雨宮さまには曖昧な返事しかできなかったんです」

新堀村では人がでて大騒ぎしているところだった。

思いがけない大雨で、あちこちに土砂崩れが起きたらしく、泥土が盛りあがったあたりに、不安気な顔の人の輪がいくつもできている。

雪之介はそんな村人のあいだを縫って、はずれにある直次郎の生家にむかった。もし銀平がたちよったとしたら、その廃屋ではないかと思ったからだ。

見覚えの雑木林が目のさきに見えてきた。

そのときである。むこうから転がるようにして駆けてくる人のすがたが見えた。お磯だった。

その顔色は真っ青だった。唇がこまかく震えている。

「おまえさん、遅かったわ！」

お磯は悲鳴に近い声をあげた。

直次郎はお磯をおしのけるようにして、廃屋へと走った。

「あっ!」

声が凍りついた。

すこし遅れて雪之介がそのよこに立った。

おそろしい光景が目のまえに展開していた。

廃屋があったあたりを、泥の山がおおいつくしている。

大雨のために裏の雑木林が地滑りを起こし、そこから流れ落ちた土砂に廃屋は飲みこまれてしまったようだった。

「銀平さんたちは、やはりここにきたようですよ」

お磯は手に握りしめていたものを、直次郎のまえにさしだした。

「これが土からのぞいていたので、掘りおこしてみたんです」

厚い布地で作った振り分け荷物だった。

「なかも見ました。銀平さんとお滝さんの持ち物にまちがいありません」

「おれたちの目を盗んで、こんな用意までしていたのか」

直次郎は吐きだすように言い、雪之介をふりむいた。

「やはり銀平のやつ、この江戸から逃げだすつもりだったようです。おれの説得に応じるふりをして、かげで出奔《しゅっぽん》の用意をすすめてたんですね。やつはとことんお滝さんとふたりして生きる道を選ぼうとした。それがこんなことになっちまって……」

直次郎は涙声になった。

銀平とお滝はこのちかくで大雨に遭い、廃屋で雨宿りをしようときめたのだろう。そこへ不幸にも地滑りがおき、ふたりを飲みこんでしまったのだ。

そのときである。お磯がうわずった声で言った。

「おまえさん、あのふたりを、土から掘りだしてやりましょうよ。このままじゃ、あまりにも可哀相だわ」

「そうだな。そうしてやるか。まだ生きてるかもしれないしな」

直次郎とお磯は廃屋をおおいかくした泥にとりつくと、指で土を掘りはじめた。

「死ぬんじゃないぞ、銀平。すぐおれが助けだしてやるからな」

直次郎は悲鳴にも似た声をあげながら、土を掘りつづけた。

「お滝さん、生きていてよ。やっとつかんだ幸せをまえにして死ぬなんて、そんなこと、あっていいはずがない」

お磯も泣きながら泥を掘る手はやめなかった。

騒ぎを聞きつけた村人が、一人二人とやってきた。

だれが言いだしたとなく、彼らは鍬《くわ》や鋤《すき》を持ちだしてきて、土砂の掘りおこしに加わった。

雪之介はすこし離れたところにたって、そんな光景を見ていた。

とうとう銀平たちを死なせてしまった。それが禍根《かこん》となって胸をしめつけてくる。

しかし、銀平たちは自分で死を選んだのではない。最後まで生きとおそうとし、ここまで逃げてきて災害に遭ったのだ。

とことん生きようとしていたという、そのことがわずかながら雪之介にとっては救いだった。

夜が明けた。

ようやくふたつの死体が掘りだされた。

銀平とお滝はしっかりと手をつなぎ、泥んこになってそこに横たわっていた。

泥まみれのその死に顔は、安らかだった。

お磯は桶《おけ》を借りて水を汲んでくると、ぽろぽろ涙をこぼしながら、泥まみれのふたりの死に顔を拭《ふ》き清めはじめた。

その脇で雪之介はながい合掌をすませると、やがてたちあがり、丘のほうにむかって歩きだした。

直次郎たちが子供のころ、遊び場にしていたというあの丘である。

大雨が嘘のように、やわらかい日ざしが丘を埋め、雲のない空は抜けるように青かった。

直次郎が追いついてきた。

「銀平は子供のときからとんぼが好きでしてね。捕まえてきては虫かごに飼っていた。でもとんぼはすぐに死んでしまいます。するとこの丘の、ほらあそこにこんもりと土が盛りあがったところがあるでしょう。あそこに死骸《しがい》を埋めてやるのです。それが毎日だから、そのうち埋めたところが塚のようになりましてね。村の人はとんぼ塚と呼んでました」

なるほど彼が指さすさきに、ちいさいがこんもりとした塚が見えた。

「何十年経っても、そのままで残ってるんだな」

雪之介は感心した。

「そうだ、銀平とお滝さんの骨をあの塚のあたりに埋めてやりましょう。季節どきになれば、しおからとんぼや鬼やんま、いととんぼや赤とんぼたちが、銀平たちを慰めにきてやってくれるでしょう」

「銀平がとんぼ好きだったというなら、それは花や線香にまさる供養かもしれん」

言いながら空を見あげた雪之介の目に、意外なものがとびこんできた。

この時節、もう見ることのないはずの赤とんぼだった。

それも二匹、もつれるようにして塚のあたりを舞っている。

「見ろよ、あのつがいの赤とんぼ、もしかしたら銀平とお滝さんが、すがたを変えてもどってきたのかもしれないぞ」

「きっとそうでしょう。いまごろ赤とんぼなんているはずがありませんから」

直次郎は涙声になった。

雪之介はそこに突ったったまま、いつまでもつがいの赤とんぼから目をはなせないでいた。

死に土産

一

「忙《せわ》しない男だ」

昨日のことである。

雨宮雪之介《あまみやゆきのすけ》の顔をしみじみ見ながら、与力の前島兵助《まえじまひょうすけ》がつぶやいた。

雪之介の行くところ、ふしぎに容易ならざるできごとがついてまわる。

人生のたいせつな節目というべき祝言の日にも、殺しに追いまくられて、よろこびをかみしめる間もなかった。

気の毒に思った兵助が、骨休めにと熱海《あたみ》へ旅させてやると、そこにまた殺しがまちうけていた。

熱海からもどるのを待っていたように、香具師《やし》殺しである。

まさに「忙しない男」という兵助の評は、言い得て妙であった。

「好きで忙しくしているわけではありません」

雪之介は反論したが、

「あたりまえだ。好きでさわがしくされては、奉行所が大迷惑だ。とにかく病気をするか怪我をするかしてじっとしてろ。おまえが動けなくなると、いやなできごとのほうも遠慮して江戸が静かになる」

兵助はむちゃくちゃな理屈をこねた。

病気や怪我はおことわりだが、じっとしていることが江戸助けになるなら、こんなありがたい話はない。

だから雪之介は朝からごろりと縁側に寝ころんで、のらくらへのご先祖返りをきめこんでいた。

空は青く透きとおって、雲ひとつういていない。季節がすすむほど、空は青みを増して遠くなっていくようだった。

庭先の桜もようやく葉の色を染め変えている。ちかくで見るとちぢれて汚れた枯葉だが、遠くから見ると、これがきれいな紅葉に見えるからおかしなものである。

「雪之介さま」

夏絵《なつえ》が横にきてすわった。

「せっかくのお休みですから、べったら市にでかけませんか。ぶらぶら見物するだけでいい骨休めになります。雪之介さまはこのところ働きづめですから」

気遣うように雪之介をのぞき見た。

「べったら市ですか。それもいいですね」

のらくらは、のらくらには不似合いなすばやさで、縁側におきあがった。

「行きましょう」

「それじゃ支度をしてまいります」

夏絵はいそいそとたっていった。新妻の彼女には、夫との外出がことのほかうれしいらしい。

やがてふたりはならんで八丁堀をでた。

十月は神無月《かんなづき》と呼ばれる。八百万《やおよろず》の神々が出雲《いずも》にあつまるので、神社から神さまがいなくなる。神が不在だから祭礼がない。

だから十月は寂しい月だった。

そんな中、毎年十月十九日に大伝《おおでん》馬町《まちょう》いったいで開かれるのがべったら市だった。

くされ市とも呼ばれた。

市のおこりは十月二十日の夷講《えびすこう》である。

夷さまは商売の神さまである。神々はそろって出雲におでかけだが、夷さまだけは江戸に居残って、商売を護ってくださっている。それに感謝して、江戸の商家は鯛や酒をお供えして、派手にお祝いをするようになった。これが夷講だった。

べったら市はもともと夷講に要用《いりよう》な、ご本尊の恵比寿《えびす》大黒《だいこく》、神棚に三方《さんぼう》、打出《うちで》の小《こ》槌《づち》、鯛や切山椒《きりざんしょ》などをあつかうことから生まれた市である。

夷講の日は夷さまにお詣《まい》りしたあと、盛大な祝宴をひらくのが恒例になっている。その宴に必要な酒肴《しゅこう》のたぐいも、この市に並ぶようになった。

市に押しかける人の数が増え、繁盛《はんじょう》を呈してくる。すると植木屋や漬物屋までが軒をならべるようになった。

なかでも評判が、干し大根を塩と糠《ぬか》で浅漬《あさづ》けにし、麹《こうじ》をくわえた漬け物で、売り子がこれを指につまんでぶらぶらとふりまわし、「べったら、べったらだ」と呼んだことから、べったら市の名が生まれた。

もちろん夷さまに供える鯛を商う店も多い。生ものの鯛は腐りやすい。昼を過ぎると腐臭がたちこめた。くされ市の名はそこからきている。

雪之介と夏絵は肩をならべて日本橋を渡った。

橋を渡って北へ行くと本町《ほんまち》通りにでる。

その右手、本町三丁目から大伝馬町を抜け、通油町《とおりあぶらちょう》までずらりと露天《ろてん》がならんで店をだした。

雪之介と夏絵がやってきたとき、すでに通りは人の群れでごったがえしていた。

ふたりは人混みにおされるようにして、露天商の店先を見て歩いた。

市の名のとおり漬け物を商う店が多い。なかには試食をさせてくれる店がある。

漬け物をつまんで店主とやくたいもない話をし、植木屋を冷やかして、雪之介はけっこう楽しんでいたが、そのうちさすがに疲れてきた。

「どこかそのへんでひと休みしましょうか」

雪之介は夏絵をともなうと、かたわらにある葦簀《よしず》張りの茶屋にはいり、床几《しょうぎ》に腰をおろした。

今年はいつまでも暖かい。いつもなら、十月も半ばともなればずいぶん寒い日がある。

ところがどんなに寒くとも、この日だけは客をこなすために茶屋は店先に床几をだした。葦簀は日除《ひよ》けというより風除《かざよ》けである。

床几にすわると夏絵は汁粉《しるこ》を、雪之介は冷や酒を注文した。稼ぎどきだけに、どこの茶屋でも頼めば酒がでた。

「こんなのんびりとした気分は、ひさしぶりです」

雪之介は夏絵を見返ると、しみじみ言った。

「よろこんでもらえてようございました。たまには気晴らしも大切です。張りすぎた弦《つる》は切れる。これは前島さまの口癖ですが」

「忙中閑《ぼうちゅうかん》あり。これからはその閑というやつを大切にしましょう」

甘口の酒を腹に流し込みながら、雪之介は反省した。

そのときである。

突然、雪之介の背中から声がかかった。

「もしかして、あなた、雨宮菊左右衛門《きくざえもん》さんの跡取りではないかね」

菊左右衛門とは雪之介の父である。

雪之介でさえ忘れかけているなつかしい名まえを言われて、驚いてふりむくと、白髪と皺《しわ》に顔が埋まった老婆が、こちらに笑いかけている。

歳《とし》は七十に近いだろう。背中は丸くなっているが、声にはまだ張りがあった。

「父をご存じですか」

「よく知ってるともさ。これでも昔は弓町《ゆみちょう》の料理茶屋で仲居をやっててね。そのころ、菊左右衛門さんは店の上得意だった」

家では堅物《かたぶつ》としか見えなかった父が、茶屋遊びをやっていたとは意外だった。

「そうですか、父がねえ……」

雪之介はなつかしい気持ちになった。

「あんた、菊左右衛門さんに生き写しだよ。だからすぐに分かった。とくに目のあたりがね。あの人には優しいなかに、ねらった獲物は逃さない獣《けもの》のするどさがあった。そういうところは生き写しさ」

老婆の声にもなつかしさがあふれた。

「死んだ菊左右衛門さんの引き合わせかも知れないね。というのも、あの人には貸しがあるんだよ」

「父に、貸しですか？」

「私が勝手にそう思ってるだけで、菊左右衛門さんが聞いたら怒るかもしれないけどね」

「さしつかえなければ、聞かせてほしいものですね。父がどんなことで借りを返さずにあの世へ行ったか、ちょっと気になります」

「そうかね。じゃあ聞いてもらおうか。そっちにお邪魔していいかね」

言うより早く老婆は番茶の湯呑みと、団子をのせた皿とを手に、こっちの床几に移ってきた。

雪之介と夏絵はあわてて腰をずらすと、あいだに老婆の場所をつくってやった。

「仲を裂くようで悪いけど、ごめんなさいよ」

口とは違って、それがさも当然という顔で、老婆はふたりのあいだにわりこむと、

「この人、あんたのお嫁さんかね」

夏絵を見て言った。

「そうです」

「大切にしなさいよ。菊左右衛門さんは仕事一筋の人だったから、奥さんはずいぶん苦労された。二の舞はいけないよ。仕事はそこそこにね」

乱杭歯《らんぐいば》をむきだしに笑うと、こんどは夏絵に、

「しっかり手綱《たづな》をしめとかないと、この馬は勝手に走りだすよ。なんせ菊左右衛門さんの血を引いてるんだから」

「気をつけます」

夏絵は笑顔でかるくうけ流した。

「で、菊左右衛門さんへの貸しの話だけどさ。そうそう、さきに名乗らなくちゃ。私はお茂《しげ》、よろしく。さて、ずいぶん昔のことだけど、息子の善太郎《ぜんたろう》が殺されてね。それを手がけたのが菊左右衛門さんだった」

「その事件というのは？」

「二十年まえの浅草三社祭の日だった。そのころ善太郎は、根津権現《ねづごんげん》裏にある料亭『升倉《ますくら》』で板前をやっててね。店のものはみんな祭見物にでかけて留守だった。善太郎だけよんどころない仕事で居残ってたんだが、なにものとも知れぬ相手に胸を一突きされてね、死んじまった。菊左右衛門さんは必死で探しまわってくれたんだけど、とうとう下手人《げしゅにん》は挙げられずじまいでね」

雪之介にははじめて聞く話だった。

「ある日、菊左右衛門さんが私のところにやってきてね、力およばずで下手人をお縄にできずもうしわけない。ただ、私はあきらめていない。かならずこの手で下手人を挙げてみせる。そう言ってくれた。その言葉を生きる糧《かて》にして楽しみに待ったんだけどね、約束を果たさないうちに、菊左右衛門がさきに死んじまった。貸しがあると言ったのはそういう意味合いさ」

「そういうことがあったのですか。ちっとも知りませんでした」

「いつまでも死んだ子の歳を数えていてはいけない。とにかく無理にも忘れるようにして、今日まで生きてきたんだけどさ、この歳だろ。あとそう長く生きられないと思うと、せめて生きているあいだに、息子を殺した下手人の顔だけでも見ておきたい……それを死に土産《みやげ》にあの世に行きたいと、そう願うようになってね。そんなときにふっとあんたを見かけただろ。もしかしたら菊左右衛門さんの引き合わせではないか。勝手にそうきめて声をかけてしまったんだよ」

雪之介は聞きながすわけにはいかなくなった。

二十年まえに起きた事件の下手人の顔を見てから死にたい。それを死に土産にしたいという老婆の気持ちが、痛いように分かるからだ。

できることなら、父が解決できなかった事件を肩代わりして、老婆をよろこばせてやりたいとも思う。

しかし、すでに奉行所の手を離れてひさしい事件をさぐり、当時でも分からなかった下手人を見つけだすなんて、まずできない相談であろう。

雪之介が思わず暗い表情になるのを見て、お茂は、

「気にしないでおくれ。いまの話、つまらぬ年寄りの愚痴と聞きながしてくれてけっ

こうだから」

そう言われると、かえって雪之介のお節介心に火がついた。

「まあ、どこまでできるか分かりませんが、私なりに二十年まえの殺しを掘りかえしてみましょう」

つい言ってしまった。

お茂と別れ、茶店をでたところで雪之介は夏絵をふりかえった。

「呆《あき》れられたでしょう。けっきょくまた厄介を抱えこんでしまいました」

「いえ、お年寄りに死に土産を持たせてやりたい。その気遣い、いかにも雪之介さまらしいと思いました」

「死んだ父が果たせなかった約束ですから、息子として黙っておられませんでした」

「でも、仕事を忘れるためのべったら市が、厄介を運んできた。もとの木阿弥《もくあみ》になってしまいましたね」

夏絵は明るい声をたてて笑った。

雪之介の心まで軽くなるような笑い声であった。

二

夕方になって金次《きんじ》がやってきた。

事件があろうとなかろうと、彼は日に一度はすがたを見せる。

「二十年まえ、根津権現裏の升倉とかいう料亭で殺しがあった。覚えているか」

雨宮雪之介は待ちかねたように聞いた。

金次は雪之介の父親の代からの岡っ引である。彼なら事件のことを知っているかと思ったのだ。

「さあね。そんな事件があったような気はしますが……よく覚えちゃいねえ」

金次はしきりに首をひねる。

「ゆっくりでいいから、思い出してみてくれないか」

「奉行所に行けば、なにか書いたものでも残ってませんか」

「残っていたとしても、大まかな記録だけだろう。おれが知りたいのは、くわしい内容だ。親父が手がけたんだろう。それなら記録を読むより、金次から聞くほうが手っとり早いと思ってな」

雪之介が言うと、金次は顔をのぞき見るようにして、ふふふと笑った。

「なにがおかしい？」

「また、厄介を抱えこみましたね」

「抱えこんだわけじゃない。親父が解決できなかったと聞いて、いったいどんなものだったのか、興味を持ったんだ」

「よく言いますね。興味だけで終わる旦那《だんな》じゃねえことは、このあっしがいちばんよく承知してます」

皮肉な笑いを残して、金次は帰っていった。

その金次が、返事を持ってやってきたのは、翌日の夕方、それもかなり遅くなってからであった。

「なんとか思い出せました」

金次はほっとした口ぶりで言った。

「意外に早く思い出せたじゃないか。呆《ぼ》けがすすんでいなくて安心した」

雪之介が半畳《はんじょう》をはさむと、

「それが昔話の掘り起こしに、まる一日苦労したものへの言葉ですか」

めずらしく金次は気色ばんだ。

「癇《かん》にさわったら許してくれ。悪意はなかった」

「悪意があっちゃたまらねえ。が、まあいいとしましょう。とにかく二十年まえの殺しの記憶をひねくりまわして、どうにか筋道だけはつけてみました」

そこへ夏絵が酒と肴《さかな》を運んできた。

肴は里芋《さといも》の煮付けに鯉《こい》の甘露煮《かんろに》である。酒は例によってぬる燗《かん》だった。

「それは二十年まえの浅草三社祭の祭礼の日におきました。その日、升倉は店をしめ、昼過ぎからみんな祭見物にでかけて留守だった」

こうして金次は、二十年まえの事件を語りはじめた。


根津権現裏から通りをひとつ越したあたりを千駄木《せんだぎ》と呼ぶ。その地に料亭「升倉」があった。

浅草三社祭の日には朝から店を閉め、家族も奉公人も祭見物にでかけるのが升倉の習わしになっていた。

祭礼の日は浅草に人が流れ、千駄木あたりは暇になる。

(どうせ暇なら思い切って店を閉め、奉公人の慰労の日にしよう)

あるじの儀平衛《ぎへえ》はかんがえ、三年ばかりまえからそうしてきた。

その日、家族や奉公人たちは八つ半（午後三時）頃にでかけて行った。

行き先は茅町《かやちょう》一丁目の料理屋「三笹《みささ》」である。三社祭にはきまってここに升倉は席をとった。

三基の御輿《みこし》は浅草大通りを浅草御門の橋詰めまで渡御《とぎょ》する。そこから船にのせられ、隅田川から駒形へむかうのだが、三笹はまさに、

（御輿を船に移しかえる場を一望できる）

ところにあった。

升倉には板前の善太郎と安吾《あんご》のふたりが居残っていた。善太郎が先輩格である。

明日、松平飛驒守《ひだのかみ》の屋敷で初孫の祝いごとがある。その下ごしらえや準備のための居残りだった。

七つ半（午後五時）頃、一足さきに仕事をすませて安吾が三笹にやってきた。善太郎はまだすこし片づけがあるので、半刻（一時間）ほど遅れるという。

すでに御輿は船に乗せられて、神田川から大川をさかのぼっている。酒宴の席はたけなわだった。安吾も仲間に加わった。

ところが六つ半（午後七時）を過ぎても善太郎はやってこない。

気になった番頭の加吉《かきち》が、安吾をつれて升倉まで様子を見にもどることになった。

善太郎のすがたは板場にはなかったが、床いちめんにべっとりと血の痕《あと》が残っている。

加吉が顔色を変えた。

（ただごとではない）

思わず足がすくんだ。

血の跡は勝手口から裏庭へぬけ、さらにそのさきへとつづいている。

（善太郎の身に異変がおきたにちがいない）

そう判断した加吉は、安吾を三笹へ報せに走らせると、自分は近くの番屋に駆けこんだ。

まもなく報せを聞いた雨宮菊左右衛門が駆けつけてきた。

板場の床には善太郎の履き物と、手ぬぐいが落ちていた。そのまわりに流れた大量の血痕《けっこん》はまだ乾いていない。

状況から見て、善太郎はなにものかに襲われ、鋭利な刃物で突き殺されたものと思われた。

流れた血の量からみて、

（これではまず助かるまい）

菊左右衛門は判断した。

さて、凶器である。おそらく包丁であろうと思われた。

綿密にさがしてみたが、それらしきものはどこからも見つからなかった。

板場には善太郎が使っていた包丁はすべてそろっていた。これは安吾の証言で確認された。

包丁は特別につくらせたものらしく、柄のところに「善」と彫り込みがある。さすがに升倉の板前となると、包丁一本にもこだわるようだ。

おなじように安吾の包丁も特別あつらえで、柄に「安」の字が彫り込まれてあった。

彼の包丁もなくなってはいなかった。

(どうも下手人は包丁を持って、そとから入ってきたらしい)

と、菊左右衛門は見た。

善太郎の死体が見つからないのは、殺してからどこかに運んだからだろう。

板場から裏庭へとつづく血痕をたどっていくと、それは升倉の裏庭をぬけ、地つづきになった神明社《しんめいしゃ》の裏道をとおり、そのさきにある百姓地にきて、そこでとぎれていた。

百姓地は収穫間近な野菜で埋まっている。

ろう）

（ここまで死体を運んできて、あと、ちかくのどこかに埋めるか、かくすかしたのだろう）

菊左右衛門は思ったが、すぐに、

（待てよ、そんな見え透いた手を下手人がとるだろうか）

畑地を掘りおこして埋めれば、すぐ見つかってしまう。よほどの馬鹿でないかぎり、そんな下手な手はとらないだろう。

かくすにしても、農機具をいれておく小屋のほかに場所はない。そんなところに隠したりはすまい。

（すると血の跡は、われわれをあざむく小細工か）

そうは思ったものの、念のために岡っ引や下っ引に命じて、畑地から小屋までを調べさせたが、死体を埋めたあとはもちろん、かくした場所も見つからなかった。

騒ぎを聞いて集まった野次馬のなかに、権助《ごんすけ》という百姓がいた。畑地の持ち主のひとりである。

「荷車がなくなってます」

その権助が菊左右衛門に訴えた。

作物を積んで運ぶために、荷車をいつも畑地の隅においている。それがなくなっているというのだ。

（下手人はここまで死体を運んできて、あとは荷車にのせてどこかへ運び去ったのか）

そう思った菊左右衛門は、手分けして荷車の行方《ゆくえ》を探索させた。

荷車は簡単に見つかった。

升倉にちかい千駄木坂下町《さかしたちょう》の真むかいに妙蓮寺《みょうれんじ》がある。その境内から置き捨てにされた荷車が見つかった。

荷台に血の跡があった。

下手人は荷車にのせた死体をここまで運び、付近のどこかに捨てたものと思われた。

すぐに権助を呼んでたしかめたところ、盗まれた荷車にまちがいないという。

菊左右衛門は人手を増やして、妙蓮寺の社《やしろ》や境内から、裏の雑木林までを調べさせた。

なにしろ夜中のことである。探索は難航をきわめたが、ついに死体は見つけられなかった。

寺のすぐよこを藍染川《あいそめがわ》が流れている。この川は町中《まちなか》をぬけて不忍池《しのばずのいけ》にそそいでいた。

それに気づいたのが金次だった。

「死体をこの川に捨てたんじゃねえでしょうか」

そこで夜明けを待って、川浚《かわざら》えをしようということになった。

菊左右衛門はいったん升倉にもどった。

そのあと菊左右衛門は屋敷うちを隅から隅まで調べている。だが、死体も包丁も、下手人を知る手がかりになりそうなものも、見つけることはできなかった。

そうこうするうちに、夜が白々と明けかけてきた。

人夫たちが集められ、金次が指図をして川浚えがはじまった。

そっちは金次に任せて、菊左右衛門は升倉に腰をすえた。

(どうもおかしい)

彼は思いつづけていた。

畑地までつづいていた血痕と、それを運んだと思われる荷車。そこになにかしら、わざとらしさが感じられるのである。

(探索の目を惑わせるための目くらまし、と見てまちがいないようだ)

すると運んだと見せかけて、死体はまだ升倉のどこかに隠されているはずである。

そこで菊左右衛門が目をつけたのは、裏庭をはさんで建つふたつの倉《くら》だった。

片方は板場にくっつくように建てられていて、番頭に聞くと、店で使う膳やお椀《わん》や鉢をしまっておくところで、食器倉と呼んでいるという。

もうひとつはすこし離れて建つやや大き目の倉で、使われなくなった家具や調理器具などがしまってある。こちらは家具倉と呼ばれていた。

(倉のなかなら、いっとき死体を隠すには適当だろう)

菊左右衛門は番頭に案内させて、まず食器倉からしらべることにした。

内部《なか》はじつに整然としていた。全体の七分ほどに板床が敷かれ、そのうえに幾段にも棚がつくられてある。棚には食器類が整然とつみあげられていた。

残りの土間には板を敷いて、そこに米俵や酒樽《さかだる》がつんである。

死体をかくせそうな場所はどこにもなかった。

(この床下なら、死体は隠せるのではないか)

湿気を避けるため、土間から床は一尺ほど高くつくられていた。

この下なら死体はかくせると思ったのである。

土間に膝《ひざ》をついて菊左右衛門は、板床のしたをのぞこうとしたのだが、きちんと腰板が張られ、釘《くぎ》止めまでされてある。

(これでは死体は隠せない)

菊左右衛門はあきらめた。

この倉に死体を隠せそうなところはない。

もうひとつの倉ものぞいてみた。

こっちはふだん使わない家具類が整然とならんでいる。ここでも死体をかくせそうな場所は見つけられなかった。

死体は発見されない。殺しに使われたと思われる包丁も不明である。

（善太郎はだれかに怨《うら》まれていたか）

といえば、それもない。

善太郎というのは、しごく性格が穏健《おんけん》な男で、人を怒らせるとか、怨まれるとか、そういうことのまったくない男だった。

川浚えも無駄骨におわった。

はやくも探索は頭打ちになった。

それから十日ばかり過ぎた日のことである。

意外なところから善太郎の死体が見つかった。

食器倉には二か所に出入り口がついていた。ひとつは板場寄りに、もうひとつはその反対側にある。

その反対側の戸口をでたところが、すこしばかり空き地になっている。

そこの地面から人間の手足のさきがのぞいているのを、番頭の加吉が見つけて大騒ぎになった。

どうやら野良犬が、腐臭につられて土を掘ったらしい。

掘り起こしてみると、まごうかたなき善太郎の死体があらわれた。

死体は見つかった。

だが、なお下手人の手がかりはつかめない。

動機も見えなければ、凶器も見つからない。

（これでは下手人をあぶりだそうにも、あぶりだしようがない）

菊左右衛門は途方に暮れた。

三

「けっきょく探索は打ち切りになりました。菊左右衛門旦那はずいぶん悔しがったが、これだけはどうにもならねえ」

金次が何杯目かの盃《さかずき》をからにした。顔は茹《ゆ》で蛸《だこ》のようになっている。

「それにしても、下手人はいつ死体を埋めたんだろう。事件がおきたあと、升倉には役人たちの目が光っていたはずだが」

雨宮雪之介は里芋を箸《はし》でつまみながら聞いた。

「いつ埋めたのか、そこんところがよく分からねえ。いったんどこかに隠したとは思うのですが」

「その隠し場所もさがしたが、見つからなかったんだろう」

「そうなんで」

もうしわけなさそうに金次は首をすくめる。

「善太郎というのは、人から怨まれるような男ではなかったそうだな」

雪之介は里芋を平らげると、鯉の甘露煮に箸をうつした。

「善太郎の評判はすこぶるつきでしてね、だれひとり悪く言うものはいない。面倒見はいいし人には親切。どこをさがしても諍《いさか》いの根などまったく見つからねえ。そこで調べは行きづまってしまいまして」

金次はもっぱら酒である。

「升倉は店をからにして、みんな三社祭の見物にでかけていたんだから、そのなかに下手人はいそうにない。強《し》いて疑うなら板前仲間の安吾だろう。彼なら善太郎を手にかけてから、素知らぬ顔で仲間と合流することはできた」

「それも調べました。だが、善太郎と安吾のあいだに、殺しにつながるほどの確執《かくしつ》は見つけられなかった」

「すると下手人は、外から入ってきたことになるか」

「それも成りたたねえ話なんで。事件が起きた日、外からの出入りは、板場へ通じる裏口を使うしかなかった。ところが前日にちょっとまとまった雨が降りましてね。かなり足もとがぬかるんでいた。外から出入りすれば足跡が残ったはずなんです。ところがいくら調べてもそんなものは見つからねえ」

「死体の隠し場所が分からない。殺した理由も殺した道具も分からない。おまけに外から入ってきたのではなかったとなると、まさにないないづくしだな」

　雪之介は思わずため息をついた。

「その殺しの理由なんですがね、まったくないわけでもなかったんです」

「意味ありげな言い方をするじゃないか」

「でもちょっと話が小さすぎるんです。じつは升倉にお恵《けい》という娘がいましてね。善太郎はこの娘に惚れていた。お恵もまんざらではなかった。噂《うわさ》だとむしろお恵のほうが熱をあげていたらしい。ところがこのことが儀平衛の耳にはいりましてね。善太郎を呼びつけると、升倉の大切なひとり娘を板前風情《ふぜい》の嫁にはやれねえと叱責した。善太郎が今後いっさいお恵にはかかわらないからと詫びて、その場は収まった。儀平衛というのは、物分かりがいいことで評判の人物なんですがね」

「娘のこととなると別なんだろう。しかし、その失恋話は、殺しとつながらないように思うがな」

「それだけなら、べつにどうってことはなかったんで。ところがおなじ板前の安吾も、ひそかにお恵のことを思っていたようでして」

「つまりお恵をめぐる、男ふたりの恋のさや当てか」

「ただ、安吾は善太郎に遠慮して、ずっと気持ちをかくしてきたから、お恵に気があったなんて、だれも知っちゃいなかった。ところが善太郎が儀平衛に叱られて、お恵から身を引いたと知って、安吾はかくしてきた気持ちを、おもてに出すようになった」

「待てよ。善太郎が身を引いたといっても、本心じゃなかろう。そこへ安吾がしゃしゃり出てきちゃ、善太郎は心穏やかではなかっただろう」

「しかし、それで殺したのなら、殺されなくちゃならないのは、善太郎ではなくて安吾でしょう」

「善太郎が安吾を襲ったが、争ううちに逆転したのかもしれない」

「善太郎はおだやかな性格の男だったと言います。その男がカッとなったりしますかね。安吾ならそうかもしれねえが。なにしろこうと思うと、まえが見えなくなる男のようですから」

「まえが見えなくなる？」

「善太郎が死んで間もなく、安吾は儀平衛のところへ、お恵を嫁にほしいと願ってでたそうです。目先の利かない男でしょう。善太郎に、板前風情に娘はやれないと怒鳴った儀平衛から、許しをもらえるはずなんかねえ。はじめから終りが見えてるのに、安吾にはそれが見えなかった。もちろん儀平衛はカンカンで、すぐ安吾を店から追いだしました」

「安吾が追いだされて、お恵のことは一件落着か」

雪之介は鯉の甘露煮もおいしそうに食べおわると、箸をおいた。

「それで終わらなかったんです。店から追いだされた安吾のあとを追って、お恵も升倉をとびだしてしまった」

「お恵は安吾に惚れていたのか」

「そこがなんともおかしな話で。お恵が善太郎に惚れていたことは分かっているが、安吾に気があったなんてだれも知っちゃいねえんです」

「どうもよく分からんな。いくら女が想像をこえた生き物だといっても」

雪之介は思案をまとめるように、しばらく目をつぶっていたが、

「ところで安吾とお恵は、その後どうなった?」

「ふたりはいっしょになって、いまは本所横網町《ほんじよよこあみちよう》で『春香《はるか》』という小料理屋をやってます」

「するとふたりの仲を、升倉の儀平衛は許したのか?」

「お恵の弟の文五郎《ぶんごろう》が取りなして、なんとか収まったそうですが、自分の目の黒いうちは、升倉に足を踏み入れることはまかりならんと……お恵にも意地があるんでしょう。いまだに升倉には出入りしていないようで」

「とにかく明日にでも升倉をのぞいてみようか」


約束どおり雪之介は、翌日に金次をつれて千駄木の升倉を訪ねた。

二十年まえに事件が起きた現場を、この目で見ておきたかったのである。

お茂には調子のいいことを言ったが、本心をいえば、父が手こずった事件がどんなものか、あらましを知っておきたい気持ちが主《おも》だった。

だが聞いてみると、事件は不可思議な様相を呈している。

もっとも肝心な、殺しの理由が不明のままである。

それらしいものといえば、わずかに升倉の娘お恵をめぐる善太郎と安吾の恋のさや当てぐらいである。

それだって、殺しにつながるほどのものとも思えない。

あげくには、お恵があとを追って升倉をとびだして安吾と夫婦《みようと》になり、いまは横網町で小料理屋をやっているという。

そのお恵の心のうごきが雪之介には、

（どうも分からない）

のである。

安吾に惚れていたのかというと、かならずしもそうとは言えない。

（どうも謎が多すぎる）

こうなると放っておけないのが、雪之介の性格である。

升倉は界隈《かいわい》ではとびぬけて立派な店構えの料亭だった。

儀平衛は五年まえに亡くなり、店は長男の文五郎が継いでいた。

儀平衛の女房のお福《ふく》は健在で、離れの一室で勝手気ままにくらしている。

応対にでたのは、大番頭の肩書きをもつ加吉で、二十年まえの事件のことで聞きたいのだと言うと、

「いまさら、どうして大昔の話を?」

なんとも複雑で、当惑したような顔つきになった。

「あれをあつかったのが私の父でしてね。まあ言ってみれば、父がやりのこした仕事にけりをつけたい。そんな気持ちでお訪ねしたのです」

雪之介の説明に納得したのか、それではと加吉は腰をあげた。

「二十年まえとは、店の様子がかなり変わっておりますが、裏手のあたりはほとんど昔のままで残っております。さて、どこからごらんになりますか」

「まず、板場から拝見させてください」

いまさら板場を見ても、事件の手がかりなど見つかるはずはない。むだは分かっているが、いちおうの様子だけでも見ておきたかった。

言われて加吉は、雪之介と金次を板場へ案内した。

そこでは十数人ほどの板前や下働きが、忙しそうに立ち働いていた。雪之介が想像していたよりもかなり広い。

「ここはかなり手が入ってますね。以前はもっと狭かった」

金次が聞き質《ただ》した。

「手狭になったので、ここだけは手をいれました」

様子が変わっていては見ても意味がない。

雪之介は板場を離れた。

「食器倉を拝見できますか」

案内されたのは板場のすぐよこに建っている、小振りな倉であった。

土間に床が張られ、そのうえに棚がならんでいる。棚には膳部や食器類が整然とおかれてあった。

床下には腰板が張りまわしてある。念のためにさわってみたが、どこもしっかり釘止めされていた。

これでは釘を抜き取らないかぎり、床下に死体はかくせない。

残された土間には簀《す》の子が敷かれ、米俵や酒樽をならべてある。

どう見てもここには死体の隠し場所はない。

つぎに案内されたのは家具倉だった。

ここも整然と片づいている。死体の隠し場所はここにもなさそうだった。

「善太郎さんの死体が見つかったのは、どのへんでしょうか」

雪之介は聞いた。

「あ、それでしたら……」

加吉はさきに立って食器倉にもどると、壁に沿って裏側にまわった。

そこには椿《つばき》の木が植わっていた。

「ここです。ここから死体が見つかったのです」

椿のあたりをさした。

「この椿は？」

「善太郎への供養にと安吾が植えたんです。善太郎椿と勝手に名まえまでつけて、朝晩欠かさずここで手を合わせていました」

雪之介はしばらくそこにたって椿を見ていたが、なにを思ったかやにわにかがみこむと、指先で椿の根方の土を掘りはじめた。

「いったい、なんの真似《まね》です？」

不思議に思って金次が聞く。

「ここの土はかなり固い。椿を植えたのが二十年まえだから当然だが」

着物の裾《すそ》の土を払いながらたちあがると、加吉に顔をむけ、

「ところで椿が植えられるまえ、ここはどうなっていましたか？」

「空き地でした。いまは要らなくなって閉じていますが、当時この倉には、もうひとつ出入り口があって、椿の植わってるあたりに出られるようになっていました」

するといま椿のあるあたりは、出入りする人の足で踏み固められていたことになる。そこに死体を埋めるのは、さぞ苦労だったろうと雪之介は思った。

四

番頭の加吉と別れると、雨宮雪之介は金次の案内で百姓地へむかった。

金次の話だと、このあたりも昔とはほとんど変わっていないらしい。

升倉の裏庭つづきの道は、左手に竹垣、右手に柘植《つげ》が並ぶあいだをとおり抜け、百姓地へとつながっていた。

竹垣のむこうが神明社の社《やしろ》である。

雪之介が不思議に思ったのは、升倉の裏庭がとぎれるあたりに、とうぜんあっていいはずの仕切の戸がないことだった。

「仕切戸がない。昔からこうだったのか」

「そうです。理由は足もとを見れば分かりますよ」

金次は意味ありげな言い方をした。

言われて目を落とすと、裏庭から百姓地へつづく道には、こまかい砂利が敷き詰められてある。

「この砂利のことか？」

「百姓地で採れる野菜は、すべて升倉が買いあげています。収穫した野菜を百姓たちは荷車につんで運んでくる。そこで荷車が通りやすいようにと、升倉は砂利道にしてやり、邪魔だからと仕切戸もつけなかったんです」

「なるほど、百姓たちの出入りをかんがえてしたことか」

ふたりは神明社の竹垣に沿いながら、畑地へと歩いた。

「百姓が作物の運搬に使っていた荷車というのが、妙蓮寺で見つかった荷車なんだな？」

「そうです」

「荷車には血の痕がついていたと言ったな？」

「ついてました。それもかなりべっとりと……」

「この砂利道のうえにも、血の痕が点々と遺っていたんだっけ？」

「点々というより、こすりつけたような血の跡でした。だからはじめは、死体を引きずったのではないかと……」

「いかにも死体を運んだように、血を吸い込ませた布切れで、わざと血の跡をつくったんだな」

「おかげでわれわれは、ありもしない死体をさがして大騒ぎしてしまいました」

「下手人はそうとう頭の切れるやつらしい」

やがてふたりは畑地にきた。

秋野菜の収穫がほぼおわり、畑にはむきだしになった土塊《つちくれ》が目についた。

その畑に、四、五人ほどの百姓のすがたがあった。

「あの奥にいるのが、権助という百姓です」

指さしたさきに、五十がらみの、肩幅の張った男が見えた。

「なにか聞きたいことでもありますか」

「いや」

雪之介は首をふった。

盗まれた荷車は、死体を運んだのではなく見せかけだった。するとあらためて権助から聞くことなどなにもない。

雪之介は畑の道をぬけて通りにでると、神明社の境内に入っていった。

にあった。

「ついでにお参りしていこう」

神明社は伊勢神宮の祀《まつ》り神を御霊代《みたましろ》としたもので、当時その社は、江戸のあちこちにあった。

なかでも千駄木の神明社は大きいほうで、鬱蒼《うっそう》としたご神木《しんぼく》にかくれるように本殿が鎮座《ちんざ》している。ちらほら参詣客のすがたもあった。

本殿のまえで儀礼どおりにお参りをおえると、雪之介はふたたび通りにでて、こんどは升倉へ表玄関を入った。

立派な冠木門《かぶきもん》のおくに、贅《ぜい》を凝《こ》らした前庭がひろがっている。

敷石を踏んで行くと、庭のむこうに白木づくりの玄関があった。

雪之介はそっちにはむかわず、勝手口につうじる脇道から、中庭の奥に建っている離れ家へと足をむけた。

そこにいる儀平衛の女房お福に逢って、聞いておきたいことがあった。

雪之介と金次は奥の部屋にとおされた。小振りの庭には松や黒文字《くろもじ》が、美しい枝振りを見せている。

ちょうど庭師が入っていて、休みなく鋏《はさみ》の音が聞こえていた。樹間から、背中に「松甚《まつじん》」と染め抜いた法被《はっぴ》が見えかくれしている。

「根っこによく陽があたるよう、枝を払ってやりませんとね。松甚はこの三十年越し、升倉出入りの植木職です」

　聞きもしないのに、お福はそんな説明をした。太って名のとおり福々しい女性である。

　身のまわりを世話しているらしい女中が、お茶と鶴亀堂の煎餅《せんべい》を運んできた。

「ずいぶん昔のことを、すこしうかがいたいのですが」

　身分を名乗ってから、雪之介はきりだした。

「なんでございましょう?」

　お福は少女のように可愛らしく小首をかしげた。

「こちらに善太郎さんという板前がいましたね」

「ええ、可哀相な死に方をしましたが、気持ちの優しい子でした」

　お福は善太郎のことを「優しい子」と言った。奉公人を自分の子供として見る彼女の目が、言葉使いからのぞいて見えた。

「その善太郎さんと、こちらのお嬢さんのお恵さんとのことなんですが、ふたりは好き合っていたと聞いたのですが……」

「そうでしたね。私は善太郎にならお恵をやってもいいと思ってましたのよ」

「升倉さんが反対されたとか」

「主人はけっして物分かりの悪い人ではないのですが、お恵のこととなると人が変わってしまって……とくべつ可愛かったんでしょうね。ちゃんとした商家に嫁がせるつもりでいたようで、善太郎とのことを耳にしたとたん、それこそ頭に血がのぼって……ひとこと言ってやるというもんですから、私はしずかに話し合うようにと注意したんですよ。けど、お恵のこととなると聞く耳を持たなくて……でもそのときは善太郎が詫びて、いったんは収まったのです」

「ところがお恵さんは、おなじ板前の安吾さんと、ここを飛びだしてしまった。このふたり、前々からそういう仲だったのでしょうか」

「お恵と安吾のことは、いまだに私にもよく分かりません。ふたりが思い合っていたなんて気配も感じなかったし、まったく寝耳に水でしたもの。そうそう、その話ならおさんに聞いてください。ずっとお恵の面倒を見てきた子ですから、私の知らないことまで知ってるでしょう」

お福はお茶を運んできた女中に、おさんをここに呼んでくるようにと命じた。

待つほどもなく、年配の女が敷居のむこうで手をついた。

「お呼びでしょうか」

「まあ、こちらにお入り」

言われておさんは、膝でにじるようにして部屋に入ってきた。

「こちらのお役人さんが、お恵のことで聞きたいとおっしゃってます。知ってることは隠さずにお話しするんですよ」

そう言い残すと、お福は席をたっていった。

自分がいてはおさんが話しにくかろうとの配慮だろう。ありがたい気の利かせ方であった。

「お嬢さんの、どういうことでしょうか」

おさんは雪之介と金次を交互に見ながら聞いた。

「古い話で恐縮ですが、まずお恵さんと善太郎さんのことからお聞きします。ふたりは恋仲だったと聞きましたが、間違いありませんね」

「はい」

「おたがいに、深く思い合っていたようでしたか」

「そうですね。どちらかというと、お嬢さんの思いの方がつよかったようです」

お福の口添えが利いたのか、おさんはすらすらと答えてくれた。

「升倉さんは、ふたりのことを認めなかったそうですね」

「善太郎さんは叱られて、奉公先のお嬢さんに手だしはしないと約束して、やっと許しがでたようでした」

「そのことを聞いたお恵さんの様子はどうでしたか」

「大変でした。しばらくは狂ったように泣いたり喚《わめ》いたり……ほんと、気持ちを鎮《しず》めるのに苦労しました」

「それほど善太郎さんを思う気持ちがつよかったということですね」

「そうですね。でもお嬢さんはそのまま引っ込んでしまうような方ではありません。ある日、善太郎さんを自分の部屋に呼びつけて……」

　そこでおさんは口をつぐんだ。なにか言いにくいことが、そのさきにあるようだった。

「善太郎さんを呼びつけて、それからどうなりましたか」

　雪之介に誘われて、おさんはつづけた。

「じつはふたりの話、私は隣の部屋で片づけものをしていて、盗み聞いてしまったのです。お嬢さんは善太郎さんに……私をつれてこの家から逃げておくれとおっしゃったのです」

「お恵さんから駆落ちを持ちかけた？」

これには雪之介もおどろいた。開けっぴろげな性格だとしても、女から駆落ちを言いだすとは、かなり思いつめていた証拠だろう。

「で、善太郎さんの返事は？」

「それはできないと、はっきりことわられました。自分はお嬢さんを愛している。だから不幸になると分かっている道に、お恵さんを引きずりこむことはできないと……」

「お恵さんは承知しましたか」

「されませんでした。不幸になってもいいから、私は善太郎さんのそばにいたいと……でも、がんとして善太郎さんは意見を曲げようとしない。私、聞いているのが辛くて部屋をぬけだしましたから、そのさきがどうなったか……でも、けっきょくお嬢さんは善太郎さんの説得に負けられたようで、それからは善太郎さんのことを二度と口にはされなくなりました」

どうにもならないと、お恵はあきらめたようである。

「そのお恵さんが、安吾さんといっしょになった。それにはどのようないきさつがあったのでしょう」

「さあ、あのことは私にもよく分かりません。好きな人に死なれて、そのあとすぐに男をのりかえるような、そんな尻軽なお嬢さんではなかったのですが」

お恵と安吾の結びつきは、おさんにとっても理解をこえた出来事のようだった。

「そうなるきざしのようなものはありませんでしたか」

「善太郎さんが亡くなって一月《ひとつき》ほど経ったころ、お嬢さんが困った表情で、安吾さんからいっしょになってくれと言われたと……」

「安吾さんからお恵さんに？」

「どうしたものかと私が相談を受けました。お嬢さんの心にはまだ善太郎さんが生きていたようで、それを裏切ることはできないと、ずいぶん悩まれてて……だから、私ははっきりおことわりなさいと申しあげました。でも、それから何日か経ったころから、ちょっとお嬢さんの様子が変わってきました。口にこそださないが、どこかで安吾さんを許しているようなところがうかがえて……ちょっと気にはしていたのです。そのうち安吾さんが、旦那さまを怒らせてお払い箱になり、そのあとを追うようにお嬢さんのすがたが消えて……いまでも私には、あのときのお嬢さんの気持ちがよく分かりません」

五

雨宮雪之介と金次が升倉を辞したのは、八つ（午後二時）をとっくに過ぎたころだった。

「腹が減りましたね」

金次が言った。

「どこかで昼飯を食おうと誘いたいところだが、金次は適当にどこかですませてくれ。おれはこれから横網町の春香をのぞいてくる」

雪之介が言うと、

「あっしもいっしょしましょうか」

「いや、今日のところはおれがひとりで行ってくる。十手を預かるものがふたりそろって顔をだしちゃ、むこうが警戒するだろう。とにかく客のふりしてお恵と安吾の顔を拝んでくるよ」

雪之介はひとりになって、不忍池を南にくだり、昌平橋《しょうへいばし》をこえて神田川沿いの道を両国橋へとやってきた。

ここをまたぐと横網町はすぐである。

春香はこざっぱりとした店だった。

昼時を過ぎたせいか、店は閑散としている。

四十過ぎの、目鼻立ちのととのった女が顔を見せ、板場にちかい入れ込みのひとつに案内した。

これがお恵だった。

「お任せしますから、てきとうに見つくろって出してください」

雪之介が言うと、お恵はしばらく瞬《まばた》きの忘れた目をこちらにむけていたが、

「もしかして、八丁堀同心の雨宮さまではありませんか」

いきなり言われて、雪之介はとびあがるほど驚いた。

「どうして私のことを？」

「お茂さんから聞きましたの。二十年まえのことを調べられた同心のご子息にぐうぜん逢った。事情を話すと、もういちど調べなおしてくださるような口ぶりだったと……」

「あなた、お茂さんをご存じなんですか？」

あとから思うと、大いなる愚問《ぐもん》であった。

「そりゃ知ってます。善太郎さんが升倉に勤めるようになってから、盆正月にはきちんと挨拶《あいさつ》にこられてましたし……」

お恵とお茂が知己のあいだがらであることは、ちょっと勘を働かせばすぐにだせる結論だった。

「いまでも善太郎さんの月命日には、私、墓参りを欠かしたことがありません。そこでもお茂さんにはよく逢います」

お恵は言ったが、雪之介には意外だった。

二十年経ったいまも、お恵は善太郎の月命日に墓参を欠かさないという。

信じられないことである。それほどお恵の、善太郎によせる思いがつよかったということだろう。

しかし彼女は、善太郎への思いをふりすてて、安吾を連れ添う相手に選んだ。

死んだ人間に、いくら思いをよせつづけても甲斐ないと、悟《さと》ったあげくの心変わりだろうか。

お恵と安吾の暮らしは長年つづいている。

ふつうなら、善太郎への思いは薄らぐものである。

なのにいまでも途切れることなく、月命日のお参りをつづけているという。

どうにも解《げ》せないお恵の行動であり、気持ちの動きであった。

「昨日もお墓でお茂さんに逢いました。そのとき雨宮さまのことを聞きましたの」

「なるほど。それで……」

「ここにこられたのは、二十年まえのことを調べなおすためなんでしょう？　だったら遠慮なくお聞きください。どんなことでも包みかくさずに申しあげますから」

お恵はひどく前向きだった。

「それじゃ私が疑問に思っていることを、ひとつふたつお聞きします。まずあなたと善太郎さんのことなんですが、あなた、善太郎さんを愛しておられたのでしたね」

「ええ、私は善太郎さんのことが好きでした。その気持ち、いまでも変わっておりません」

だからこそ、二十年間月命日の墓参を欠かさないのだろう。

「失礼な聞き方ですが、するといまのご主人とは？」

「いまの主人も愛しています」

「善太郎さんも安吾さんも？」

「実際には安吾さんを愛していて、心のなかでは死んだ善太郎さんを愛している。そうお答えしておきましょうか」

なにかはぐらかされた気持ちだった。

もちろん死んだ人間と生きている人間とを同時に愛したとしても、べつに不思議ではない。

ただ、雪之介が聞きたかったのは、善太郎の死後、急速に安吾へと心がかたむいていったいきさつである。

だが、そのへんをどう聞きだしたものか、雪之介がつぎの質問に迷っていると、

「お待ちください。主人を呼んで参りますから」

お恵は席をたち、間もなく大柄で引き締まった身体つきの男をつれてもどってきた。整った顔立ちの男である。

「主人です」

と紹介し、男は、

「安吾です」

と、ていねいに頭をさげたが、つづけて、

「大変なことを、お茂婆さんから頼まれなさったそうで」

微笑を浮べた目をこちらにむけた。

「いやあ、それで困っています」

つられて雪之介も苦笑した。

「二十年も昔の下手人を見つけるなんて、そうかんたんにできるもんじゃない。お茂婆さんもむりなお願いをしたものですね」

「頼まれると放ってもおけませんでね。そこで大変ぶしつけなことを聞きますが、あなたは善太郎さんの死後、升倉さんに、お恵さんを嫁にと願いでられたそうですね」

「はい」

「善太郎さんとお恵さんのことで、升倉さんは猛反対された。だったらおなじことを願いでても認めてもらえない。はじめから分かっていたことではないのですか」

「分かっていました」

「だったら、なぜ？」

「駄目だと分かってはいましたが、自分の気持ちをはっきりさせておきたかったんです。そうすることでお恵に、おれのほんとうの気持ちを伝えたかった。悪くすれば店にいられなくなるのも覚悟のうえで」

成就《じょうじゅ》しないとは分かっていて、それでも捨て鉢な行動をとったのは、半端ではない自分の気持ちを、お恵に知らせるためだったと安吾は言うのだ。

つまりそれが、安吾からお恵へむけた、愛の証《あかし》だったのかもしれない。

そんな安吾の行動に、お恵は胸を打たれたのだろう。

それがお恵に、安吾のあとを追わせた理由のようだった。

雪之介がそう思ったとき、

「店を飛びだして安吾さんを追ったのは、あれは私の意志です」

きっぱりとお恵は言った。

六

翌朝、雨宮雪之介は縁側に寝そべっていた。

さすがにここにきて朝夕の冷え込みがきつくなっている。

母の咲枝《さきえ》が身体をこわしたとかで、夏絵は朝からそっちにでかけて留守だった。

だから独り身の勝手気ままを取りもどして、雪之介は縁側に大の字になっている。

もちろん頭のなかは忙しく働いていた。

父菊左右衛門が手がけた、二十年まえの殺しのことである。

ついに父は、下手人に手がとどかなかった。

まずなぜ殺しが起きたのか、そこが分からないのだ。

ただ、

(善太郎も安吾も、ともにお恵を愛していた。その恋のさや当てが、殺しにつながったのではないか)

と、かんがえられなくもない。

だが、どうもちがうようだ。

升倉の女中おさんによると、善太郎とお恵の仲は知れ渡っていたが、安吾とのことは、ほとんど知る人がいなかったそうだ。

安吾は先輩の善太郎に遠慮して、自分の気持ちをおもてにだすことを慎んでいたらしい。

(だから善太郎の死後になって、はじめて気持ちをお恵に打ち明けた)

お恵は当惑し、返事をためらった。

お恵がまだ善太郎を忘れられないでいると知った安吾は、思い切った行動にでた。

お恵との仲を認めてほしいと、儀平衛に申しでたのである。かなえられないことは承知の行動だった。

安吾のねらいはお恵の心を動かすことにあった。

ねらいは的中した。

安吾の捨て身の行動に感動したお恵は、彼を追って升倉をとびだした。

こうして見ると、安吾のお恵への行動は、すべて善太郎の死後に起きている。

（恋のさや当てが殺しにつながったという想定は、成立しない）

のだ。

せっかく見えたと思った殺しの理由は、またたく間に消えてしまった。

父菊左右衛門が陥《おちい》ったとおなじ思案の落とし穴に、雪之介も落ち込んでしまったのである。

（しかし、そこにしか殺しの芽はない）

と、雪之介は思うのだ。

下手人は外からしのび込んだのではない。身内がやったことははっきりしている。

しかも善太郎を殺せたのは、安吾しかいない。

彼なら、善太郎を殺してから、なに食わぬ顔で三笹で待つ仲間のところへ行くことができた。

（やはり安吾があやしい）

しかし、仮に彼が下手人だとしても、善太郎の死体はいっときどこにかくされたのだろう。

いきなり雪之介は縁側にとびおきた。

(どうもかんたんな手妻《てづま》のようだ)

脈絡もなく、そのことに思い当たったのである。

殺したあと、善太郎の死体はいったんどこかへかくされた。その場所は食器倉のほかにはない。

いまはなくなっているが、かつてもうひとつあった出入り口をでたところに、死体は埋められていた。

いっときのかくし場所を選ぶとき、下手人はまず埋めるのに好都合な場所をさがしたはずである。

それに食器倉はうってつけだ。

では、倉のどこにかくしたのか。

(かくしたとすれば、あそこしかない)

雪之介の頭に、床下に張りめぐらされた腰板がうかんだ。

腰板はすべて釘止めされていた。

しかし、たとえ釘止めされていても、釘を抜けばいい。

釘を抜いて腰板をはずし、死体をかくしてから、ふたたびもとの釘穴に釘をさしこんでおく。

死体を処分するときも、おなじ作業をくりかえせばいいのだ。

（すると抜き差しした釘穴は甘くなっているはずだ）

それを調べてみようと雪之介は思った。

（だが、この想定が当たっていたとしても、解き明かさねばならないことがもうひとつある）

むしろそっちを解くことのほうが難問《なんもん》だった。

倉から運びだした死体を、どのようにして埋めたかである。

事件が起きたころ、そこは出入りする人の足で踏み固められていた。

土はかなり固かったはずだ。かんたんには掘り返せなかった。

もしかして、そこはあらかじめ掘り起こされていたのではないか。

（もしかしたら……？）

その思いが、野火のようにふっと雪之介の頭をかすめた。

急いで身支度をととのえると、雪之介は屋敷をでた。

所帯を持つまでは、なにからなにまで夏絵任せだった。

ところがいっしょになってからは、不思議なことに、多少のことは自分でしようという気持ちがつよくなっている。

自分でも気づかない、気持ちの変化だった。

いったん升倉にたちより、番頭の加吉から植木職松甚の所在を聞いた。

松甚は古くから升倉に出入りしている植木職である。

店は谷中三崎町《やなかさんさきちょう》にあるという。

雪之介は団子坂《だんござか》を東へむかった。

所在はすぐに分かった。

広い敷地いっぱいに植えられた庭木が目印になった。

棟梁《とうりょう》は捨松《すてまつ》と言った。

雪之介が声をかけると、植木の手入れをしていた彼は、鉢巻きにした手ぬぐいを外しながらこちらにやってきた。

「ちょっと教えてほしいことがあってきました」

「なんでしょう」

捨松は小腰をかがめた。小柄で、肌が黒光りして光っていた。

「ずいぶん昔のことですが、升倉で人が殺されたのを覚えておいででしょうか」

「ああ、善太郎さんとかいう板前が殺された……」

「そうです。ところで彼の死体が埋められていたあたりを、そのすこしまえに、掘り返されたということはなかったでしょうか」

下手人は殺した善太郎の死体をいったん食器倉にかくし、そのあと土に埋めた。しかし、人に踏まれて固くなった土を掘りおこすのは苦労である。

（もしかして植木職の手で掘り返されていたのではないか）

野火のように雪之介にひらめいたのは、そのことであった。

（植木職なら、不審を持たれずに土掘りができる）

のである。

捨松はしばらく考え込んでいたが、

「ああ、ありましたね。そういうことが」

ようやく思い出した。

「あんなことがある十日ほどまえでしたか。食器倉の出入り口をひとところ閉じることになった。ところが出てすぐのところが、歯が抜けたようになってしまう。そこでなにか木を植えようというので、われわれが掘り起こしたんです」

「すぐに木を植えなかったんですか」

「植える木をなににするかが、なかなか決まりませんでね。升倉の旦那は庭木にはうるさい方で、形が悪いとか、大きすぎるとか小さすぎるとか……掘ったはいいが、いつまでも決めかねているうちに、あれが起きちまったんです。けっきょく板前の安吾さんが善太郎さんの供養にと椿を植えて、それで一件落着となりました」

雪之介の想像どおりだった。

死体が埋められていたあたりは、あらかじめ土が掘り返されていたのである。

埋めるのに苦労はなかった。百姓地の小屋から鍬か鋤のような道具を持ちだせば、目的は果たせた。

ただ、人に見つかるまいと焦ったためか、深くは掘らず、死体を浅く埋めた。だから、野良犬に掘り返されてしまったのである。

雪之介はもういちど升倉にひきかした。

加吉に頼んで、食器倉をあけてもらった。

たしかめたいのは、床下に張りまわした腰板である。

どこか一か所、取りはずした跡があるはずであった。

雪之介は床に這《は》うようにして、腰板を丹念にしらべてみた。

下手人は腰板をはずして死体をかくし、あとで引きずりだして埋めている。

二度も抜いたり差しこんだりしたのだから、その部分は釘穴がかなり甘くなっているはずだ。

それを探した。

見つかった。

一か所、指先で引っ張っただけで、かんたんに腰板のはずれるところがあった。年数は経過しているが、釘の勘合具合は変わっていなかったのである。

雪之介はひとつ大きな目的を果たした気持ちになって、食器倉をでた。

倉をでたところで、意外な人物と鉢合わせしそうになった。

お恵だった。

彼女は百姓地の方から、裏道づたいにこちらにやってきた。

「やあ、めずらしいところで逢いますね」

言ってから雪之介は、升倉はお恵の生家なのだから、べつにここで見かけてもおかしくないことに気がついた。

「母の顔が見たくなってやってきましたの」

お恵もこの出逢いに驚いたようだったが、顔色にはださずに言った。

(母親を訪ねてきたにしてはおかしい)

お福のいる離れ家には玄関から入るのが早い。それをどうして、わざわざ百姓地から裏道づたいにきたのだろう。

そんな雪之介の疑問をよそに、

「じゃあ、失礼します」

お恵は明るい笑みを残して、離れ家の方向に去っていった。

七

雨宮雪之介は心に引っかかりを感じながら、表通りへやってきて、思わず「あっ！」と声をあげた。

見慣れた顔が目のまえにあらわれたからだった。

金次だった。

「朝っぱなから、どうしてこんなところにいる？」

「お恵を尾《つ》けてきたんですよ。今朝、嬶《かかあ》の店からなにげなく外を見ていると、両国橋を渡って神田川沿いの道を行くお恵のすがたが見えたんです。なんとなく気になって、それであとを……」

金次の女房のお幸《さち》は、両国の米沢町《よねざわちょう》で小料理屋をやっている。もちろんそこが金次が寝起きしている場所でもあった。

「昨日、旦那は春香を訪ねた。そして今朝、それもかなりはやい時刻にお恵がどこかへ行こうとしている。だれだって気になりますよ。しかも、あっしの見たところ、様子がいかにも屈託《くったく》ありげだった」

ふたりは話しながら不忍池への道をくだった。

「おれもたったいま升倉でお恵と逢った。母親に逢いにきたと言ったが、どうして裏道をとったのか、ちょっと気にはなっていたところだ」

「母親に逢うというのは口実でしょう。お恵はまっすぐ百姓地にきて権助と逢いました。ほら、荷車を盗まれたと訴えてきたあの百姓です」

「お恵は権助に逢うために、わざわざ朝早く横網町をでてきたのか」

雪之介はちょっと納得がいきかねた。

権助に逢うことにいったいどんな意味があるのだろう。

しかも、雪之介が春香を訪ねて、二十年まえの殺しを掘りおこした翌日である。

事件とのかかわりで、お恵は動いたとしか思えない。

やがてふたりは湯島天神下の切通《きりどお》しへと入った。

「お恵は、権助を捕まえてなにか聞いていましたが、そのうち納得したのか、明るい顔になって帰っていきました」

「いったいなにを聞いたんだろう」

「その点抜かりはありません。ちゃんと権助に逢って質《ただ》しておきました」

「いい、手まわしだ」

「お恵は権助に、二十年まえ、いつごろ荷車が消えたかと聞いたそうです」

「荷車の消えた時刻？　おかしなことを聞いたもんだな」

「権助はあの日、畑をひきあげたのが六つ（午後六時）。そのとき荷車は盗まれずにあった。だからなくなったのはそれからあとだと教えたそうです」

「それを聞いて、お恵は表情が明るくなったんだな」

雪之介は心でひとりうなずいた。

行きがかりでいっしょになったものの、お恵は心のどこかで、善太郎を殺した下手人として、安吾を疑っていたのではないだろうか。

刻《とき》が古びゆくなかで、疑惑はいつしか風化していった。

そこへふいに同心があらわれ、それをきっかけに、ふたたびお恵の心に疑惑の芽が甦《よみがえ》った。

安吾へむけた疑惑がお恵を動かした。

彼女はかんがえた。安吾が下手人ではないという証拠はないものかと。

そして思いついたのが消えた荷車だった。荷車が消えた時刻が分かれば、安吾の無実が証明できる。そう思ったにちがいない。

お恵は自分を納得させるために、安吾の無実を証明しようとした。

そしてお恵は、権助から、荷車が紛失したのは六つよりあとだと聞かされた。

あの日、一足先に升倉をでた安吾は、七つ半に三笹に着いている。

番頭といっしょに三笹をでたのは六つ半である。

七つ半から六つ半まで三笹にいた安吾に、荷車を盗むことは無理である。

まして盗んだ荷車に血の跡をつけ、妙蓮寺まで運ぶなどできるわけがない。

そこで安吾の無実は証明された。お恵が明るい顔に変わったのはそのためである。

（果たしてそうだろうか）

雪之介は思うのである。

七つ半から六つ半まで三笹にいた安吾に、荷車を盗みだすことはできなかっただろうか。

（そうとも言い切れない）

と思う。

いつまで待ってもこない善太郎の様子を見に、番頭の加吉と安吾は升倉にもどった。そして大量の血痕を発見する。ただ事ではないと判断した加吉は、自分は番屋へ走り、安吾を三笹へ連絡に行かせた。

(そのとき、安吾は荷車を盗むことができた)

のである。

ただ、荷車は盗めても妙蓮寺まで運ぶ余裕はない。

(盗んだ荷車を、いったんどこかに隠したのだ)

すぐに思いつくのは、となりにある神明社である。あの境内の茂みにうまくかくせば、人に見とがめられることはない。あたりはすでに真っ暗なのだ。

三笹にいた連中は安吾から異変を知らされて、取るものも取りあえず升倉に駆けもどった。

そのとき、しばらく安吾のすがたが消えたとしても、だれも気づかなかっただろう。

おそらく安吾はみんなと別行動をとり、神明社にかくした荷車を妙蓮寺まで運んだのだ。しかもそこにべっとりと血の跡を残して。

自分の夫の無実を証明しようとしてとったお恵の行動が、雪之介に安吾への疑いを濃くさせた。

皮肉な話である。

（だとしても、これではまだ安吾が下手人とは決めつけられない）

そこで雪之介は、金次にふたつの頼みごとをした。

その日も遅くなって、金次はやってきた。

「旦那の思惑はほぼあたっていましたよ」

金次は夏絵がだしてくれた湯呑みの酒を一気に飲み干し、人心地をとりもどした顔になった。

「まず升倉の奉公人たちから、足が遅いので評判の下女のおなかに目をつけましてね。つかまえて聞いてみました。おなかが言うには、異変を聞いて升倉に駆けもどったが、とうぜんビリだった。ところがそのおなかがもどりついてかなり経ってから、安吾がもどってきたというのです」

「神明社にかくした荷車を、妙蓮寺に運ぶことはできたわけだ。ところで、神明社のほうはどうだった？」

「こっちは苦労しました。五つというと、もう神明社に詣る物好きはいない。それでもあきらめず、やっとのこと坂下町の糸問屋『大崎屋《おおさきや》』のことを聞きこみましてね。

あそこの夫婦はとても信心深くて、朝夕神明社にお詣りしているというのです。そこでふたりに逢ったんですが、なんせ二十年もまえのことでしょう。おまけに夫婦ともちょっと呆《ぼ》けがはじまっている。思い出してもらうのにかかりました」

「だろうな」

「でも、升倉で人が殺されたことが、思い出すいいきっかけになりました。あの晩、仕舞いが遅くなって、五つ近くに神明社に詣ったというのです。そのとき、境内の木立のかげで荷車を見かけた。気になったので提灯《ちょうちん》を手に近寄ってみて、ちかくの百姓地のものだと分かった。ところがそのとき、荷車の荷台に血の跡なんかなかったというのです」

「呆けのはじまった年寄り夫婦の言うことだ、信用していいのかな」

「そのへんのところははっきり覚えていると、ふたりは言ってますが」

「その話がほんとうなら、神明社にかくした荷車を、妙蓮寺に運んでから血の痕をつけたこととの裏付けになる」

「これで安吾がやったという想定はつよくなりましたね」

「いや、まだ安吾がやったとは決めつけられない。なにか動かぬ証拠がいる」

ふたりは顔を見合わせると、暗い目でうなずき合った。

ようやく二十年まえのできごとに燭光《しょっこう》が見えてきた。しかし、あまりにも古すぎて決め手に欠ける。

そこに下手人の顔が見えているのに、つかまえることができないのだ。

ふたりが見せた目の暗さは、そのもどかしさからくるものだった。

八

なにが幸いするか分からない。

行きづまった思案に、道をつけてくれたのが、夏絵に頼まれた土掘りだった。

「大根の種をいただきました。庭のどこかに植えたいと思いますの」

夏絵は懐紙《ふところがみ》に包んだ黒っぽい種を見せながら言った。

「自分がつくった野菜が食べられるなんて、うれしい話です」

雨宮雪之介は口を合わせた。

「じゃあ、庭の土を掘り返していただけますか」

「お安いご用です」

安請け合いしたのが失敗だった。

何十年鍬を入れたことのない庭である。

堅くてとても手に負えない。そのうち鍬を握る手に肉刺《まめ》ができてきた。

「こんなものでどうでしょう」

雪之介は助けを求めるように、夏絵を見あげた。

夏絵は容赦がなかった。

「大根の根は土深くのびますから、畑は深く掘らなければいけないと、種をくださった方はおっしゃってました」

そう言われると、ここでやめるわけにはいかない。

手の肉刺をかばいつつ鍬を握った。

ようやく夏絵が納得する深さまで掘りすすんだ。

「まあ、手が大変なことになってますね」

夏絵は雪之介の手を見ておどろいたのか、すぐに酒と綿布を持ってきた。

酒をつぶれた肉刺に吹きかけ、そのあとを綿布でしばると、

「これですぐによくなります」

太鼓判をおして、夏絵は庭先におりた。

「種は私が蒔《ま》きますから、そこで見物していてください」

袖をたくしあげて夏絵はかがみ込んだ。

土に指で筋をつけてそこに種を蒔くと、かるくうえから土をかぶせる。

「夏絵どの、そんなに浅く蒔くのでしたら、深く掘る必要はなかったのではありませんか」

声が怨みがましくなった。

「種は浅く植えないと、芽がでにくいでしょう。深く掘っていただいたのは、根がのびるためなんです」

そういうものかと思ったとき、雪之介にひらめいたものがある。

(深く掘って、浅く植える)

そこからつながった連想である。

升倉の食器倉の横手の土は、植木職の手で深く掘り返されていた。

そこに善太郎の死体を埋めたのなら、下手人の心理として深く埋めるのではないだろうか。

ところが実際は野良犬が掘り返せるくらいに、浅く埋められていたのである。

(どうして下手人は深く埋めようとしなかったのか)

手早く片づけたいために手を抜いたのかもしれないが、下手人に思うところがあって、わざと浅く埋めたのかもしれない。

もしそうなら、浅く埋めたねらいはなにかである。

(下手人は死体を早く見つけてもらいたかった)

それしかない。

そこまできて雪之介はハッとした。

(下手人は、善太郎の死体が引きあげられたあとに、なにか大切なものを埋めようとした。だから早く死体を見つけてもらう必要があったのだ)

いったん死体が掘り起こされ、埋めもどされた場所は、よほどのことがないかぎり、ふたたび掘られることはない。

だから下手人は早く死体を見つけさせ、二度と掘り起こされる心配がなくなったあとに、なにかを埋めたのだ。

それを雪之介は、殺しに使った包丁ではないかとかんがえた。

「ちょっとでかけてきます」

自分でも気づかないうちに立ちあがっていた。

「あら、どちらへ?」

おどろく夏絵には答えず、雪之介は屋敷をとびだした。

行ったさきは小石川養生所である。

月岡誠太郎《つきおかせいたろう》を呼びだした。

待つほどもなく、彼は筒袖の青い医務着をひらひら風になぶらせながらやってきた。

「なんの用だ。おれは忙しい。物好きで忙しがっているような男とつきあってはいられない」

「物好きで忙しがってるとは、なんて言いぐさだ」

「ちょっと耳にしたが、また、厄介に首を突っこんでいるらしいじゃないか。それも知らん顔でいればすむはずのものに」

「そこまで知ってるなら話は早い。ぜひとも頼みたいことがある」

「頼みがあるときだけやってくる。悪い癖だ。たまにはうまい酒を飲ませてやるとか、料理をごちそうしてやるとか、そういう話を持ってこい」

「そのうちに持ってきてやろう」

「あてにせずに待ってる。ところで頼みとはなんだ」

「おそらく包丁だと思うのだが、二十年間、土のなかで埋まっていたものに、血の跡がついているかどうかをたしかめる方法はないか」

「寝ぼけてるなら顔を洗って出直してこい。そんなものあるはずがない」

「ないか」

「あたりまえだ。すぐ水で洗い流されただけでも血の痕を見つけることはむずかしいのに、二十年も土に埋まっていたものから、血の痕を見つけだす方法があるなら、こっちが教えてほしいくらいだ」

誠太郎は話にもならないという顔で、こちらに背中をむけようとした。

「そこを、おまえの力でなんとかしてほしいんだ」

「おれを呪術使いとでも思っているのか」

「そうだ。ちょっと呪術を使ってほしい」

「正気か？　嫁さんをもらったはずみで、頭がおかしくなったんじゃないのか」

「おまえ、ここにくるまえ、長崎で蘭学を学んでいただろう。それが呪術に使えないか」

「言ってる意味がよく分からん。分かるよう噛みくだいて話してくれ」

「聞いている相手は医の道の素人《しろうと》だ。素人相手なら、蘭学をダシにしてちょっと目くらましをかけることくらい朝飯まえだろう」

「待て待て。なんとなく言いたいことは分かってきた。つまりつづめれば、おれにペテン師になれと言いたいんだな」

「まあ、当たらずといえども、遠からずだ」

そこで雪之介は、誠太郎の耳になにかささやいた。

「やはりおまえとは早く縁を切ったほうがよさそうだ。これ以上つきあいつづけていると、おれの人柄まで悪くなる。で、どこまで出向けばいいんだ?」

誠太郎はにこりともせずに言った。

「明日の八つ半（午後三時）、本所横網町にある春香という小料理屋にきてくれ」

そこまで言って背中をむけようとした雪之介を、誠太郎は呼びとめた。

「待て待て、なにをやったのか知らんが、その手の怪我、どうやら夏絵どのの手当てらしいな。せっかくの新妻の心遣いを無にするようで悪いが、本職のおれがきちんと処置してやろう」

養生所の門へと雪之介を引きずっていった。

翌日の約束の時刻、雪之介は春香の暖簾《のれん》をくぐった。

お恵がおどろいて迎えにでる。

「親しい友達とここで昼飯を食う約束をしましてね。ちょっと店を借ります」

そう言うと、雪之介はこのまえとおなじ、板場にちかい入れ込みによいしょとすわった。

ここならすこし大きな声をだせば、話し声が板場に筒抜けだ。

すこし遅れて誠太郎がやってきた。

酒を頼んで酌みかわすうち、鯛の造りに竹麦魚《ほうぼう》の塩焼き、それに沙魚《はぜ》の天麩羅《てんぷら》と、自慢の魚料理がつぎつぎに運ばれてきた。

ふたりはしばらくとりとめもない話をしながら、料理を楽しんでいたが、

「おれが長崎で蘭学を学んでいたとき、仲良くしていた男と、このあいだひょっこり出くわしてね。そのときびっくりするような話を聞いたんだ」

誠太郎がその話を切りだした。

酒が入っているから、自然に声が高くなる。

「びっくりするような話？　なんだ、それは……」

雪之介の声も、合わせたように大きくなった。

「おれたちが教わったのは、南蛮からきたメンケルという医者でね。そのメンケルが、物についた血の跡を見つけることができる薬を発明したというんだ」

「そんなもの、薬に頼らなくても、目で見れば分かるじゃないか」

「単純な男だな。それでよく同心をやってる。たとえば匕首《あいくち》で人を刺したとしないか。

ところがついた血は水で流せば分からなくなる。布でていねいに拭《ふ》き取ってもおなじだ。人間の目なんて頼りないものだ。それがメンケルの薬を使うと、目には見えない血の跡が浮きでてくるというのだ。どうだ、びっくりするような話だろう」

「本当なのか。いったいどうすれば、人間の目に見えないものが見えるようになるんだ?」

「くわしいことはおれにも分からん。なんでも血に含まれているなにかとその薬とが働き合うらしい。何十年、海に沈んでいようが、土に埋まっていようが、その薬を使うと血の痕が浮きあがってくるという。興味があるので長崎に帰る友達に、その薬を至急送ってくれるように頼んでおいた。半月もすればとどくだろう」

ふたりの話はそこでとぎれた。

うまい料理で腹を満たして表にでると、雪之介と誠太郎は意味ありげに顔を見合わせてニヤリとすると、左と右に別れた。

あとは待つだけである。

誠太郎はよくやってくれた。撒《ま》いた餌《えさ》にかならず魚は食いついてくる。

それを待てばいい。

それから二日目の晩だった。

真夜中に火がでて、升倉の食器倉の一部が焼けた。

いち早く現場に駆けつけた金次が、報せを持ってとびこんできた。

「ふだん火の気のないところだそうですから、たぶん付け火でしょう。焼けたのは食器倉の一部で、すぐ消し止めたが、その火をもらって例の善太郎椿が真っ黒焦げになりましてね。黒こげになった木は、さっそく松甚がきて引っこ抜いていきました」

「二十年まえに植えた椿だ。そうかんたんには引っこ抜けないだろう」

「なあに、植え替えるなら、根を痛めないように気をつかわなきゃいけませんが、捨てる木でしょう。乱暴に引き抜いたって文句はでねえ」

「分かった。そこで金次に頼みだ。夜だけでいいから下っ引たちが交代で、春香を見張らせてくれないか。ここ数日のうちに、かならずやつは動く」

金次が帰っていくと、それからまた、雪之介の待ちの日々がつづいた。

金次が報せを持って駆けこんできたのは、それから五日後の夜の八つ（午前二時）、いわゆる丑三《うしみ》つ刻《どき》であった。

雪之介はいつでもでかけられる用意で、布団にいた。

「動いたか」

「へえ、横網町をでて、上野のほうにむかっているようです。兼吉があとを尾けています」

「行こう」

雪之介は言うと、片開きの小門をくぐっておもてにとびだした。

半欠けの月が薄い光を路上に落としている。

根津権現の近くまできたとき、こちらにむかってくる黒い影が見えた。

下っ引の兼吉だった。

「安吾のやつ、百姓地から升倉の裏手に入っていきました」

声をひそめて報告した。

「ごくろうさま」

雪之介はひとことねぎらうと、金次になにごとかを耳打ちし、ひとりになって百姓地へとむかった。

畑地から神明社裏をとおり、升倉の裏庭に通じる砂利道には、深い闇が落ちていた。

神明社の雑木林や、升倉の建物がわずかな月の光をさえぎっている。

雪之介は砂利道に入った。

升倉の裏庭は闇が支配していた。

そのなかでわずかに動くものを、ようやく雪之介の目がとらえた。

その影は食器倉のあたりにかがみ込み、しきりに手を動かしている。

雪之介は離れた場所に身をひそめ、息をするのも気遣いながら、黒い影に目を張りつけていた。

影の動きがにわかにはやくなり、そして停止した。

どうやら目的のものを見つけだしたらしい。

影は立ちあがった。

その手になにか握られている。

雪之介は地を蹴るようにして、物陰からとびだした。

気配に気づいて、黒い影は怯《おび》えたようにこちらをふりむいた。

安吾だった。

その足もとの、善太郎椿が引き抜かれたあたりに、ぽっかりと大きな穴があいている。

「その手のなかのものを見せてもらおうか」

雪之介は切りつけるような口調で言った。

安吾は無意識に手にしたものを背中に隠そうとした。

雪之介はおどりかかるようにして、素早く安吾の手からそれをもぎ取った。

包丁だった。

それもながいあいだ土に埋められていたせいか、刃のあたりがボロボロにこぼれ落ちている。

そこへ百姓地から駆けてくる人の足音がした。

金次と兼吉であった。金次の手で提灯が揺れている。

安吾はなにが起きたのかが、理解できないように茫然と突っ立っていた。

駆けつけた金次の手から提灯をうけとると、雪之介は包丁をその灯にかざした。

柄のところに彫り込まれた「安」の文字が、かろうじて読みとれた。

「これで善太郎さんを刺したんだな」

雪之介は安吾をにらみつけた。

雪之介の父が調べたとき、安吾は自分の包丁はなくなっていないと嘘を言った。

その嘘を見破れなかったことが、二十年間、真相を見えなくしてしまっていたのである。

「自分の罪を知られないために、どうしてもこの包丁をかくす必要があった。そしてあんたの考えついたのが、いったん死体を掘り起こしたあと埋めることだった。一度調べられたところは、まず二度と調べられることがない。そこで善太郎さんの死体を、すぐ見つかるように浅く埋めた。なかなかの知恵だ。もし私がお茂さんに逢わなかったら、すべては闇に埋もれたままだっただろう」

安吾はすっかり覚悟を決めたらしく、静かにそこに立ちつくしていた。

「どうして善太郎さんを殺したんだ？　私にはそこんところがどうもよく分からない」

「善太郎さんがいるかぎり、おれはお恵とはいっしょになれないと思ったからです」

安吾はかすれる声で言った。

「善太郎さんがいては、いっしょになれない？　どういうことだ」

「善太郎さんがお恵のことをあきらめたと聞いて、じゃあ、おれがお恵に正直な気持ちを打ち明けようと思ったんです。それまで善太郎さんに遠慮して、ずっとその気持ちを心のなかに押し殺してきましたから」

「そのこと、善太郎さんに打ち明けたんだな」

「黙っているのはまずいと思いましたのでね。気持ちを正直に打ち明けてもいいかと尋ねたんです。善太郎さんは寂しそうに笑うと、板前風情がお嬢さんに思いをかけたって無理な話だ。あきらめろ。だいいち旦那さまが許してはくださらない……そう言いました」

「善太郎さんとしては、とうぜんのことを言ったまでだな」

「だけどおれは納得できなかった。旦那さんの反対は最初から分かっている。だからおれは、駆落ちしてでもお恵を自分のものにすると言ったんです。とたんに善太郎さんは顔色を変えました。そして、おまえはお恵さんを不幸にするつもりか。なにがあろうと、お恵さんを不幸にするようなことはおれが許さない。おまえがお恵さんをつれて逃げるというなら、おれは命にかえてもお恵さんを守りとおすと、それこそ必死の形相《ぎょうそう》で……そのとき思ったんです。この人がいるかぎり、おれはお恵とはいっしょになれないと……」

「それで殺そうと思ったのか？」

「思いました。けど、そのときは思っただけで、本気ではありません。根気よく気持を伝えれば分かってもらえる、そうかんがえていました」

「しかし、殺したあと死体を食器倉の床下に隠し、時期を見て土に埋め、しかも死体を早く見つけさせて、そのあとに凶器の包丁をかくす。そう段取りをつけていたはずだ。これだけのことが、とっさの思いつきでできることじゃない」

「たしかにそうすれば下手人として疑われることはない、そうかんがえていました。ちょうど倉の横の土は掘り返されていましたのでね。苦労なく死体を隠せると……しかし、思っただけで、けっしてそのとおりにするつもりはありませんでした。ほんとうです」

「いまさら言い逃れをしたってむだだろう」

「殺す気はなかったんです。ほんとうです。でも、浅草三社祭の日、ちょうど善太郎さんとふたりっきりになったので、もういちど自分の気持ちを打ち明けて、分かってもらおうと思ったんです。ところが言いおわらないうちに、まだそんなたわごとを言ってるのか。お恵さんの幸せは、おれが命に代えても守ると言ったのを忘れたか。おまえが本気で、お恵さんとの駆落ちをかんがえているなら、おれはお恵さんを守るために、ここでおまえを殺す。そう言って、私につかみかかってきたのです。このままだとほんとに殺される。そう思いました。なんとか身を守らなきゃ……気がつくと、知らないうちに包丁を握っていました」

安吾の告白に嘘はないと雪之介は思った。

善太郎は穏やかな人間だったと、彼を知る人は口をそろえる。その彼が、お恵のこととなると平静を失った。

おそらく儀平衛のまえで離別を約束したものの、お恵を愛する善太郎の気持ちは、すこしも薄まってはいなかった。

（むしろ逆につよくなっていたのではないか）

雪之介は思うのだ。

だから安吾にお恵をうばわれるのを、黙って見てはいられなかった。まして善太郎には決断できなかったお恵との駆落ちを、安吾はこともなくやってみせるという。

それが善太郎の心にはげしい嫉妬を生んだ。

その嫉妬が、ふだんはおとなしい善太郎を、逆上させてしまったのではないだろうか。

雪之介は手ぬぐいをとりだすと、手のなかの包丁を包みこんだ。

金次が安吾の手に縄を打った。

それですべてが終わった。

二十年間眠りつづけてきた事件は、ようやく素顔を見せたのである。

東の空がわずかに白みかけていた。

雪之介はおもたい足を引きずるようにして、両国橋を渡った。町はまだふかい眠りのなかにある。

春香のまえにきて雪之介は躊躇《ちゅうちょ》した。

これから顚末《てんまつ》をお恵に伝えなければならない。思うと心がきりきりと痛んだ。

同心という仕事がつくづく嫌になるときが、雪之介にはあった。

下手人を追いつめ、事件を解決することによって、ときに、人が汗水して築きあげてきたくらしを、土台から崩壊させてしまうときがある。

(いくら罪を罰するためとはいえ、人を不幸にしていいはずがない)

そんなとき雪之介は、思い切って十手を投げだしてしまいたい気持ちに襲われるのである。

これまでもいくどとなくあった。いまもそうである。

お茂という婆さんとの出逢いが、雪之介を二十年まえの迷宮に踏みこませ、ようやく解決を見た。

その結果が、もし雪之介が首を突っこみさえしなければ、そのさきにつづいていたであろうひとつの家族の幸せを、粉々にしてしまったのだ。

(自分のやったことは、はたしてこれでよかったのだろうか)

はげしく思いまどいながら、雪之介はみずからを励ますようにして、春香の表戸に手をかけた。

抵抗もなく戸はあいた。

朝闇のたゆたう店内に、人の気配はなかった。

「お恵さん、おられますか」

奥の入れ込みのあたりで、かすかに動く人の気配がした。

「雨宮さま……ですね」

酔った声がもどってきた。

その声のまえに雪之介は立った。

入れ込みの仕切りにもたれるようにして、お恵はしどけない格好ですわっていた。

そのまえに空になった徳利が数本ころがっている。

「すみません。すこし酔ってます」

お恵は詫びるように言うと、

「飲まずにはいられなくて……」

手にした盃をぐいとあけた。

「言いにくいのですが、ついさきほど、安吾さんを……」

雪之介がつらい気持ちをふりきるように言いかけると、

「捕まったのですね？」

お恵はそのさきを取って言った。すでに予感はあったようだった。

「捕まえました。二十年まえ、善太郎さんを殺した下手人として」

「やっぱりそうでしたか」

「やっぱり？　すると、あなたはこうなることを……」

「雨宮さまがお友達とここにきて、人間の血の跡がどうのこうのという話をされましたね。そのあとから、うちの人の態度がおかしくなりました。落ちつきがなくなり、なにをしてもうわの空で……そのうち善太郎椿が燃えたと聞いて、もしやと思ったのです。あの晩、うちの人は友達を訪ねると言って、言って夜遅く家を留守にしていましたから。すると今夜、あの人はこっそり家を忍びでていきました。よほどあとを追おうかと思ったのですが、できませんでした。うちの人がなにをしようとしているのか、それを知るのが怖くて……」

「これまでもずっと心のどこかで、あなたも安吾さんを疑ってきたのではないのですか。だからいつか荷車のことを権助という百姓に聞いた。安吾さんの無実をたしかめるためにね」

「そうです。あれでうちの人の無実はまちがいないと、胸をなでおろしたのですが」

「あの荷車には、そのさきにいくつか安吾さんの細工があったのです」

「そうでしたか。ところで雨宮さまは、ずっとうちの人を疑っていたのではないかとおっしゃいましたね。そうなんです。いっしょになったときから、いつも気持ちのどこかにそれはありました。月命日に善太郎さんの墓参りを欠かさなかったのも、うちの人がどんな顔をするか、それをたしかめたかったからです。もし善太郎さんを殺した下手人なら、平気ではおられないだろう。そう思ったのです。でも、あの人、嫌な顔ひとつせず、私を墓参りに送りだしてくれました」

「安吾さんは、精いっぱいのお芝居をしてみせたんですね。きっと……」

「もし下手人なら、こうは平然としてはいられない。この人は善太郎さんを殺してはいない。だったら心をこめてこの人に尽くさなきゃときめて……そのうちいつか、うちの人への疑いは薄れていき、しまいには忘れるようになりました。ただ、月命日の墓参だけは、ならわしとなってつづけてはきましたが」

「お茂さんは、安吾さんのことを、どう思っていたようですか」

「はじめのうちは、お茂さんもうちの人を疑っていたようです。でも、私とおなじで、墓参りに気持ちよく送りだしてくれるのを知って、その疑いを解かれたようでした。もし、雨宮さまがお茂さんに逢われることがなかったら、私は昔のことをずっと忘れていたでしょう」

お恵の何気ないひとことが、雪之介の胸に突きたった。

「私が……せっかくのあなた方の幸せなくらしを、台なしにしてしまったようですね」

血を吐くように言った。

「いいえ、これでいいのです。忘れたようで、私はずっと善太郎さんのことを忘れてはいなかったのです。私が升倉をとびだしたのも、うちの人に善太郎さんを重ねていたようです。うちの人と逃げながら、善太郎さんと手に手を取って逃げているように思えて……そのあとも私の胸のうちに、善太郎さんは生きつづけていたようです。そのうち事件のことを忘れたと言いましたが、忘れたのではなくて、善太郎さんが私の心のなかで生きつづけていてくれるので、うちの人への疑いを解くことができただけのことでした。もしかしたら私、善太郎さんを愛しているつもりで、うちの人を愛していたのかもしれません」

雪之介は凝然《ぎょうぜん》として、お恵の顔を見つめ直した。

この女は、死んだ男を愛するつもりで、いまの亭主を愛してきたのだという。

にわかには理解できない、女の屈折した心の動きだった。

(どうも女は魔物だというが、ほんとうかもしれない)

雪之介がそう思ったとき、お恵は不思議なほど晴れやかになった顔をあげて、こちらを見た。

「これでよかったのです。うちの人への疑いが、私の心から善太郎さんを消せなかったのだとしたら、これでようやく善太郎さんへの執着から解きはなたれるでしょう。これからは虚心《きょしん》にうちの人を愛することができると思うのです。この店を守りながら、いつになるか分かりませんが、あの人がもどってくるのを、じっと待つことにします」

一気にそこまでしゃべると、

「これでやっとふつうの女にもどれます」

水面に映える朝日のようなまぶしさを、顔にのせてお恵は言った。

「それで、そのこと、お茂さんには伝えてあげたのですか」

朝餉のあと片づけをしながら、夏絵は聞いた。

「浅草瓦町《あさくさかわらまち》にお茂さんの家があると聞いていましたので、さっそく行ってきました。ところがもうこの世の人ではなくて……老衰だったようです。それも善太郎椿が焼けたのとおなじ日に、息をひきとったそうですから、ちょっとした因縁話でしょう」

雪之介は答えた。

「すると、死に土産はとどけてあげられなかったのですね」

「残念ながら……でも、墓が竜松寺《りゅうしょうじ》にあるそうですから、今日にでも墓前に報告してきてやりましょう」

とたんに夏絵は膝を折って雪之介のまえにすわると、きりりとこちらをにらみつけた。

「雪之介さま、なにか大切なことを、お忘れではありませんか」

「私が……忘れものを？」

「事件の解決を報告されるなら、お父さまの墓前がさきではありませんか。きっとこのことに心を残して、お父さまはお亡くなりになったと私は思うのです」

「そうでした。うっかりしてました」

「これからさっそくお父さまの墓に詣でましょう。夏絵もごいっしょします。お墓がある浄念寺《じょうねんじ》と、竜松寺は目と鼻です。まずお父さまに報告して、そのあと足をのばしてお茂さんに死に土産の報告をなさったらどうですか。さっそく私は支度をしますから、雪之介さまもそうなさってください」

決めつけるようにして、夏絵はたっていった。

雪之介はようやく芽をだした、大根の双葉《ふたば》に目をやりながら、この家の舵《かじ》取りが、いつの間にかすべて夏絵の手に移ったような気がした。

それはごくあたりまえのことのようにも思え、それでいながら、どこかでほんのすこしだけ、悲哀のようなものを感じる雪之介だった。

この作品は徳間文庫のために書下されました。

徳間文庫をお楽しみいただけましたでしょうか。どうぞご意見・ご感想をお寄せ下さい。
宛先は、〒105−8055　東京都港区芝大門2−2−1　㈱徳間書店「文庫読者係」です。

徳間文庫

のらくら同心手控帳

山陰《やまかげ》の家《いえ》

2010年1月15日 初刷

著者 瀬《せ》川《がわ》貴《き》一《いち》郎《ろう》

発行者 岩渕徹

発行所 株式会社 徳間書店

東京都港区芝大門二—二—二 〒105—8055

電話 編集〇三(五四〇三)四三五〇 販売〇四八(四五一)五九六〇

振替 〇〇一四〇—〇—四四三九二

印刷 株式会社 廣済堂

製本 東京美術紙工協業組合

ISBN978-4-19-893100-1 (乱丁、落丁本はお取りかえいたします)